普 天 之 下 ・ 盡 是 好 書

普天出版家族
Popular Press Family

凌雲文創
A-Plus Creative Company

時機歹歹，來去陰間兼差
陰陽官
之2
吳半仙 著

【出版序】

時機歹歹，來去陰間兼差！

•薛慧筠

在眾多奇幻、驚悚類作品中，《兼差陰陽官》是相當特殊的一部小說，設定新穎，內容有趣，同時不乏對於地府的著墨及新奇發想，充分滿足讀者對陰間的想像。

吳憂天生陰陽眼，經常捲入詭譎莫名的靈異事件，幸好有兩個神秘仙家暗中護持，才沒英年早逝。

誰知，這個年頭，鬼和人一樣缺德，經歷一連串恐怖際遇後，他竟然被鬼舅舅坑了，糊裡糊塗成爲兼差陰陽官，開始遊走陰陽兩界。

上任後，他才知道陰陽官根本沒有油水可揩，不僅要鬥粽子、砍妖怪，幫助孤魂野鬼早日投胎，初一十五還要回地府輪值當「判官」，處理一些亂七八糟的鬼魂恩怨。

幸好，這個差事還是有些福利，只要官符在手，就能號令百鬼、調集陰兵。那些殭屍、惡靈、邪煞、蛇精、魑魅魍魎什麼的，全都放馬過來吧，本官沒在怕的！

•刺激不斷，搞笑連連的奇幻經典

吳憂深覺自己被陰了！不過是去郊外山洞招魂、在醫院勇鬥殭屍……之後扛不住，和鬼舅舅去了趟將軍墳後，隨隨便便接過一枚黑牌子，居然就算交接儀式完畢，成為新一任陰陽官！

人一生注定要吃哪行飯是逃不掉的，吳憂從小到大，見過的鬼、遇過的怪事比牛毛還多，表哥斷首橫死、老爸車禍撞死人、暗戀的女孩丟了魂……等等，這些不會全是被他剋的吧？

既然不願被命運強暴，那就只好奮力抵抗！

自從當了陰曹官，吳憂手掌官符、胸懷大志，別說對抗妖魔鬼怪，就是把它們當小弟使喚也易如反掌，再和地府老大套個交情，哪裡不橫著走？

可惜，事情沒有笨蛋想的那麼簡單，道高一尺、魔高一丈，在人間成精成煞的妖鬼哪那麼好對付？再加上脫出正道的叛徒還四處興風作浪，就是威風凜凜的陰陽官也要頭大囉！

金都地宮、東北野仙、酆都鬼市、長白邪影……一系列曲折離奇、詭異莫測的靈異事件迭起，吳憂像陀螺一樣忙個不停，遇見形形色色、千奇百怪的妖仙人鬼，從妖魔鬼怪到出馬仙家，從險惡人心到熱血激情，另外還有他和美女前世今生那段說不清、道不明的情孽糾結……

這段離奇際遇的終點會是何方？吳憂身上揹著的仙骨又將帶來什麼攸關三界的複雜陰謀？

●題材新穎，內容絕對與眾不同

身爲陰曹官的吳憂，每個月的初一、十五都要回地府辦公。

沒辦法！誰叫他是六司職位最高的官員，也是溝通陰陽兩界的橋樑，一下子在人間斬妖除魔，一下子又到地府處理公案，手持驚堂木，對著堂下的新鬼大聲喝斥……忙得蠟燭兩頭燒，還被告知此工作乃無薪奉獻職！

天底下，誰能比他慘，還慘得如此風格獨特？

在眾多奇幻、驚悚類作品中，《兼差陰陽官》是相當特殊的一部小說，設定新穎，內容有趣，同時不乏對於地府的著墨及新奇發想，充分滿足讀者對陰間眾鬼相的想像。

作者以輕鬆詼諧的筆調，描述層出不窮的驚悚際遇，演繹一段段精采萬分的降妖驅鬼除魔歷程，構建成一本與眾不同的靈異小說。

書中劇情緊湊，事件層出不窮，角色多樣發展，驅魔人、仙將、吸血鬼、殭屍、惡靈、邪煞、狐精、蛇精、兔仙、魑魅魍魎……一一出場，有時候，還會意外審到我們熟知的「老朋友」，激起豐富火花，絕對精采可期。

站在自家門前，徐斌出乎意料變得不自然，哭喪著臉不說，眼神裡有一絲期待，又似乎帶著一絲不安尷尬。走進別墅裡，沒過幾秒，就聽到一陣奇怪笑聲。

第21章 贖罪 …… 119

找了個包把錢裝起來後，我又幫著徐斌寫了封親筆信，上頭載明錢款數目、捐贈方式，至於錢款來源，當然沒有寫，也不用寫。

第22章 驚變陡生 …… 127

奇怪的事情發生了，鬼獸嘴裡咬著李小白的一隻手，卻忽然發出一陣怪異呼聲，身上不斷溢出絲絲黑氣，整具身體像非常痛苦般微微顫抖。

第23章 爆炸 …… 135

話音剛落，只聽那大廈裡面傳來「轟」的一聲巨響，靠近我們這邊的玻璃瞬間震碎。緊接著，爆炸聲不斷炸響，數道火光隨即騰升。

第24章 變態座談會 …… 143

進了屋，只見一樓大廳裡坐了好幾個人。一眼看去，有紀雲、葉子、那個我不認識的女孩，李小白蹲在地上擺弄著什麼，一副專心致志的樣子，不知道在看什麼。

第8章 日記

我不由得打了個冷顫，直接把日記本翻到最後幾頁，發現上頭記著的，不再是日記，而是一段段我沒見過的文字符號。

現在來說一下這個遠東大廈的情況。

這個大廈算是哈爾濱早期比較著名的高層建築，早前幾年是一棟以出租爲主的高檔寫字樓，名字不叫遠東大廈，今天在李小白二哥介紹下，我才明白整棟大廈的來龍去脈。

原來，現在的遠東大廈，已經被老闆低價買斷，整棟大樓都是公司私產。這公司叫做遠東集團，一到六層都是他集團總部所屬辦公樓，七層以上才是向外出租的寫字間。

至於原樓主賣出的原因，就是因爲這是個十八層的大樓。最開始的時候，這個樓主聽信了別人的話，蓋了十八層，原是想取十八即「要發」的諧音，這種諧音講究最近幾年特別流行。

然而實際上，這個老闆的生意卻在大廈落成後越來越差，那老闆很是迷信，又聽信別人的話，認爲是這大樓是十八層地獄，很不吉利，便對外低價拋售。

而現在大樓也還很空曠，由於樓層太高，占地太大，有很多空置房間。就比如遠東集團的總部，一共六層樓，可事實上哪有那麼多員工？所以在這裡工作的白領們待遇非常好，稍微上點級別的小主管，一律擁有單人辦公室，普通的員工頂多四、五個人就占一間辦公室，空間運用上很是奢侈。

想當然，我們這些臨時雇來的清潔工，也得以在這大廈裡占去好幾個房間。

當然，這其實只是空置的辦公室，買些單人折疊床，扔幾床軍用被進去，就算是我們的宿舍。

隔壁幾間屋子，則是保安和其他最底層員工住的地方，例如更夫、清潔工等。

李小白剛好就住在我們左邊，這小子是最牛的一個，自己獨佔一間房。我估計，可能是沒人願意跟他住一間房，他那眼神瞅人，真容易把人看毛。

我和老紀一間房，兩張折疊床底下分別扔著我和老紀的背包，他仰躺在那裡，枕著胳膊，似乎在發愣。我則是半倚半坐在床上，緊張又期待地翻開老趙頭那本看上去頗有年頭的神秘本子。

翻開第一頁，只見上面歪歪扭扭地寫了一排字：

我當陰曹官的那幾年

哎呀我去，老趙頭這是要逆天啊，我才是主角好不好啊，大爺！

這一頁就這幾個字，再往後翻，發現這原來是一本日記，密密麻麻記述著老趙頭這些年來經歷的事，當然了，都是陰曹官的業務範圍。

「王二嘎對他娘不好，明天晚上把他爹招回來，嚇唬他個龜兒子，別忘了。」

「張大民媳婦死得冤，那小子就知道賭錢，逼死老婆，給他記上。他老婆雖然橫死，儘量安排投胎，別忘了。」

「徐老蔫的衣服又被別的鬼搶跑了，讓他兒子去多燒點，可別讓他爹再光屁股了，這事明天第一個辦，別忘了。」

「齊齊哈爾那邊流年不利，沖犯太歲，出了好多事，應該去跟太歲商量下，別忘了。」

翻了很多頁，全都是諸如這樣的內容，下面還標注著年月日，從七〇年代一直到近兩年。

看來這老趙頭知道自己的毛病，特意記下來，怕白天的自己「忘」了。可是，這對我有什麼用呀？還有，這些瑣碎的事，以後不會都讓我去做吧？天哪，這太可怕了！

我不由得打了個冷顫，直接把日記本翻到最後幾頁，發現上頭記著的，不再是日記，而是一大段我沒見過的文字符號。

不知怎的，看到這些文字後，我腦子裡直接一個字一個字飛快閃過，居然都看得懂，也明白每個字的含義，就是不知道發音。

再仔細一看，每個字下面還有英文字母，寫得歪歪扭扭。

辨認一下後，我不禁氣樂了，這哪是什麼英文字母？是老趙頭用中文拼音給那些字標的讀音……這整個就是一字典呀！等等，難道這就是傳說中的殄文，能夠跟惡鬼溝通的文字？

「吳憂，你說將軍墳那，到底有什麼秘密呢？」

紀雲忽然開口跟我說話，我蓋上日記本，扭頭看他，只見他皺著眉，一副努力思索的樣子。

「幹嘛那麼操心？這又不是你的責任，你也不是考古隊隊員，我看你都有點茶飯不思的執念，至於嗎？」

「是啊。」紀雲點點頭，「這事兒是跟我沒關係，但你不理解，就好比一個數學家發現新式難題，天文學家發現新彗星，你說我一個探險家，發現一處神秘的古墓，能不上心嗎我？」

我撇撇嘴，「別跟我提天文學家，跟你說，要是我從小學四年級就能堅持理想，現在發現彗星的肯定他媽的是我！人走到哪一步，就說哪一步的話，想那麼多有用嗎？把自己整累又何必，那古墓又不是你二大爺的，犯得著嗎？」

紀雲歎了口氣，「話是這麼說，但這心裡總是抓心撓肝，這一趟下去，什麼東西都沒找到，一點線索也沒有，光給老趙頭幫忙了……不過，能除掉他娘這個禍害，收穫不小，倒沒白探險。」

「你個盜墓的還探個毛險！書裡我都看過，那叫倒斗，對不？你別鬱悶，其實我那天無意間拿到一件東西，還沒空跟你說呢！」

說著，我從包裡拿出那把金色彎刀，炫耀性地在紀雲眼前一晃，嘿嘿一笑。

紀雲「蹭」地就從床上蹦了起來，俐落地一把搶過去。

「這是什麼？你在哪拿到的？」紀雲的語氣顯得有點激動。

我無所謂地聳肩道：「你這個倒斗的都不知道了，我哪知道是什麼？這是在老趙他娘的棺材裡發現的，怎麼？你認識？」

紀雲搖搖頭，「不認識，不過好像有點印象……」

他一邊說，一邊順手從背包裡拿出照相機，對著那金刀前後左右拍下好幾張照片，這才接著說：「我妹妹應該認識，回頭拿給她看就知道了。」

做完這些，紀雲心裡彷彿終於放下不甘，又從包裡翻出兩顆大蘋果，扔給我一個，另一個在衣服上蹭了蹭，「哢嚓」就是一口，邊嚼邊口齒不清道：「睡覺睡覺，明天還要繼續幹活呢！哎，這三十塊錢還真難賺……對了，我說你沒事可別瞎說，我才不是盜墓的。」

看著他如釋重負地晃著腿，啃完蘋果後，又三兩下甩掉衣服，呼呼大睡。我卻一點睡意都沒有，現在想想，紀雲活得比我反而單純許多，心裡就那點事，放下了就不再牽掛。

然而，我還有一腦門子的官司呢！

我隨便咬了兩口蘋果，也在床上躺平，緩緩閉上眼睛。還是先睡一會吧，萬一等下又來找我過陰審案呢？得抓緊休息呀！

第9章

十八還是十九？

聽了他的話，我不經意掃向那一大排按鍵，一、二、三、……十六、十七、十八……「這哪有十九層？明明就十八層，你什麼眼神哪？」

這一覺不知睡到什麼時候，我迷迷糊糊間做了個夢，夢裡有好多惡鬼，張牙舞爪的，我把他們挨個捏成團，整得像蘋果那麼大，然後「哢嚓哢嚓」全吃了。

我吃得正爽時，耳邊隱約傳來「哢嚓哢嚓」的聲音，還有人在推我，下意識揉了揉眼睛，醒了過來。

想起剛才的夢，忽然覺得有點犯噁，沒事吃什麼鬼，那玩意能吃嗎？

紀雲不在屋裡，李小白正坐在我旁邊，手裡掐著昨天晚上我啃剩的大半顆蘋果，「哢嚓哢嚓」吃得正爽。

「小哥，你醒了啊。」哢嚓哢嚓。

「啊，醒了。」

「小哥，這蘋果挺甜的，你咋不吃呢？」哢嚓哢嚓。

我看著那個通紅的蘋果，在他的嘴下體無完膚，淋淋漓漓地淌了一下巴，就跟剛才夢到的……咳咳，反正心裡這份噁心就別提，你說我做點什麼夢不好呢？我決定以後再也不吃蘋果。

「小白，昨天讓你問的事，你二哥怎麼說？」

「唔，我二哥說他也不清楚，他們這批保安是最近幾個月才來的，聽說之前換過好幾批。不過，我二哥說，前幾天有個五樓的什麼經理，從頂樓跳下去，鬧鬼之類的事倒沒聽說。」

我想著李小白的話，若有所思。

這時門開了，紀雲肩膀上搭著條毛巾走進，端著水杯叼著牙刷，滿嘴牙膏沫地叫道：「趕緊起來，馬上開工了。」

簡單洗漱後，我和紀雲扛著拖把繼續一整天的工作，李小白昨天晚上値夜班，吃完東西後就去睡覺。

一、二樓的清潔基本做完，今天從三樓開始。

昨天的工作比較簡單，因爲遠東集團大部份員工都集中在一樓和二樓，有人待的地方自然會常打掃，所以比較容易。

今天就有點困難了，從三樓開始，很多房間都已閒置許久，或者挪爲會議室、儲物室之類的用途，大部份時候沒人，比較髒亂。

一個小頭目樣的人指派幾個房間給我，空蕩的長型走廊裡，周圍一個人都沒有，顯然是一處閒置區。

暗道一聲倒楣後，我拎過水桶，開始幹活。

大概一個小時後，我滿頭是汗地走到第三個房間門口，心想趕緊收拾完這一邊，再到人多的地方打探消息，要不可真成清潔工了。

我心裡想著，伸手就要去推房門。

這時，身後忽然傳來一個女孩子的聲音，「這個房間不用打掃。」聲音柔柔的，細細的，透出無比的靈秀。

我情不自禁心中一動，轉過身，發現身後站著一位如青蓮初綻般清秀的女孩。合身的職業套裝下，身材好到難以形容，長髮自然披在耳旁，雙手把一份文件抱在胸前，立在那裡看著我，一雙如秋水般清澈的眼眸裡印出滿臉愣然的我。

我足足愣了十秒以上，不知怎的，看著面前這個女孩，我的心跳開始加快，臉上好像有點發熱，而那個女孩也愣愣盯著我，一時間，居然相顧無言。

我到底不是個當色狼的料，終於緩過神來，尷尬地摸著鼻子，又揉揉耳朵，才又開口道：「呃，爲……爲啥不用打掃？剛才那個人說過，這一條走廊的房間都要打掃一遍。」

那女孩也收回眼神，瞟了那房間一眼，輕聲說：「這個房間……不乾淨，你去收拾別的屋子就好，放心吧，沒人會檢查這裡的。」

不乾淨？我詫異了，就是不乾淨才需要打掃的啊……等等，她說的意思，難道是……那種「不乾淨」？

我剛要張嘴問，女孩已經轉身離開。一陣腳步聲後，嫋嫋的背影消失在拐角，只剩下我自己拎著拖把，傻站在走廊裡。

中午吃飯時，紀雲偷偷碰了碰我，低聲說道：「最新消息，三〇五那個房間有問題。」

三〇五？不就是上午那女孩口中不乾淨的房間？

我一驚，差點跳了起來，撞得椅子「嘩啦嘩啦」響，見滿餐廳的人有一半都回過頭，連忙低下頭一個勁往嘴裡扒，一邊小聲問：「有什麼問題？」

「去年那個房間裡有個什麼主管上吊，所以其他人就都搬走，那附近也淪爲了閒置區。」

原來是這麼回事！

我壓住激動的心情，小聲問道：「何時行動？」

紀雲不動聲色地夾起一塊紅燒肉丟進嘴裡，一邊咀嚼著，一邊含糊地回應，「晚上。」

一下子有了眉目，時間卻過得慢了。下午，我和紀雲在一起正在打掃一間大會議室，那個小頭目不知從哪又冒了過來，對著我們招手道：「那倆小夥子，過來一下，幫忙幹點活。」

我和紀雲扔下手裡的活跑過去，原來是讓我們倆把張大桌子搬去六樓。

這活簡單，我們倆一人抬著兩個桌子角，「吭嗤吭嗤」走到電梯前。

這裡一共有兩部電梯，一左一右，不過右邊的那個門口用個椅子擋住，上面貼了一張紙，寫著「故障」兩個字。

電梯很快就來了，裡頭沒人，剛好夠我倆和一張桌子放。不過，這桌子有點大，我和紀雲費了點勁，這才關上電梯門。

我伸手按下「六」，紅燈一亮，電梯緩緩升起。

就在電梯啟動時，紀雲說了句，「十八層寫成十九，還挺講究的嘛！」

聽了他的話，我不經意掃向那一大排按鍵，一、二、三……十六、十七、十八……「這哪有十九層？明明就十八層，你什麼眼神哪？」

紀雲不服地邊說邊指給我看，「不可能，上面寫的最高就是十九層，很多高層樓房都是這麼幹的，爲了避諱十八這個不吉利的數字，故意把十八寫成十九。」

可我看他指的那個數字，明明就是十八！

「十八！」

「十九！」

我倆異口同聲說道。

「叮」的一聲，電梯停了下來，六樓到了。

我和紀雲互相對視一眼，同時點點頭，看來，晚上又多一個探查地點，到底是十八還是十九，這個問題得搞清楚。

電梯外面有幾個人在等，我沒怎麼注意，只跟紀雲全神貫注地對付那張桌子，就在要往外搬時，桌子一角不小心撞到站在正中央的人。

「你怎麼幹活的?眼睛瞎啦?」

旁邊的人立刻大聲喝斥，然後馬上轉過頭變成笑臉，連聲道：「您沒事吧?常總，真是不好意思，這倆可能是臨時工，您別介意，回頭我就炒了他們，您別往心裡去！」

被稱作「常總」的男人語氣淡然，「沒，不用爲難他們。老劉，剛才說的，你要處理好，我不希望下次再發生同樣的事情，明白嗎？」

聞言，我回頭看了一眼，沒想到這常總居然就是昨天早上開大奔摟小妞那個小分頭。只見他中等身材，三十左右的年紀，長得挺端正，就是一臉陰梟，嘴角似乎常帶著一絲冷笑，不知怎地，看上去總讓人心裡發毛。

也許這種看上去就能讓人心生畏懼的人，天生才是當領導的料吧！

他的身旁還站著一個人，一個女人。

我瞄了一眼，果然不出意料，正是那位風情萬種的水蛇腰。此時，她正緊緊挽著那個常總的胳膊，整個身子都快貼上去，生怕別人不知道她是小蜜一樣。

他們走進電梯時，所有人都轉身面向電梯外，讓我一下子看清那女人的臉。

這是一張年輕嫵媚、五官滿是笑意的臉，可是在我眼中，女人臉上滿是死灰，尤其雙眉印堂間，已經籠上一層濃濃黑氣。

第10章 流星雨

一絲不安隱隱掠過心頭，電梯門開了，門前站著的，正是那個水蛇腰的女人。我凝目一看，一顆心直直沉了下去，現在這人已是滿臉黑氣，毫無生機。

我望著緊閉的電梯門，好半晌沒說話。

紀雲碰了碰我，「怎麼了，羨慕嫉妒恨？」

「羨慕個毛？那女人活不過今天晚上了。」

其實，我心裡很是納悶，看到這女人時，心裡毫無緣由地一震，接著便是一種強烈的預感襲來。

「計劃有變，今天晚上這電梯會出事。」我一臉嚴肅道。

紀雲滿臉不解地看著我，卻沒多問什麼，他心裡很清楚，在生死陰陽方面，我現在比他更權威。

終於挨到下班時間，我特地找上李小白。

「小白，今天晚上你值班嗎？」

「我沒班，是我二哥值班，怎麼了？」

「沒事，告訴你二哥，今天晚上遇到什麼蹊蹺事都別動，能躲就躲，實在不行，就在屋裡裝病，千萬別出去。」

聞言，李小白「嗖」地一下跳過來，一把抓住我的胳膊，「小哥，你要去抓鬼對不？能不能帶上我啊？」

「不行，今天情況不太好，你也在屋裡待著，哪也不許去！你要敢再偷跑出來，我就再也不跟你玩，聽見沒？」

我語氣相當嚴肅，眼睛死死瞪著李小白。

他一見我板起了臉，立刻不敢吭聲，「哦」了一聲，滿臉不情願地抓頭。

紀雲看著李小白一副委屈樣，笑了笑，輕輕拍他的肩膀，問道：「小白，我向你打聽個人，有個常總是幹啥的？這裡的大老闆？」

「常總？不知道，我認識最大的官就是我二哥，他是保安隊長，我的活也是他安排的，嘿嘿！」

看來讓他去指揮停車這事，就是他二哥幹的好事，瞎指揮會害死人啊！

我想了想，說道：「就是每天開大奔來的那個人，梳個小分頭，一臉陰沉沉的……對了，他身邊總是帶著一個水蛇腰的女人。」

李小白眨了眨眼睛，「大奔是啥玩意？小分頭倒是有個，每次他車裡都有個女的，那腰總是扭來扭去。對了，我聽二哥他們說過，這樓就是他的。他叫啥，我可沒記住，好像是什麼腸蟲清。」

「腸蟲清？哪有叫這名的？你肯定聽錯了吧？姓常倒是沒錯。」

「那就不知道了，總之，他愛叫啥就叫啥唄。」李小白聳聳肩說著。

「嗯，那個女的又是幹啥的？」我追問另一個人的資訊。

「這個我知道，她是六樓的，有一次買了很多東西，還是我幫她拿上去的。那娘們挺闊氣，自個占一大間辦公室。」

唔，統合一下各方情報，從去年到現在，三樓死了一個人，五樓死了一個人，而今天看到的水蛇腰女子是六樓的人。他們有個共同點，都是高層或中層管理人員，都有獨立的辦公室，死法雖然不同，但應該都是「自殺」。

這就是目前我們所能掌握的一切情況。但我很疑惑，如果按照順序，好像四樓也應該有個人死掉才是……我突然想到，之前老乞丐說有個女的被車撞死，難道是她頂替四樓的人？還有，為什麼一樓、二樓沒死人？下一個是不是真從七樓開始，一層樓死一個？

越琢磨，心裡愈發冷，我不禁打了個寒顫。

「要不，你就直接招魂啊，還費勁琢磨啥？你現在應該有這個能力吧？」紀雲提醒我說。

我早就想這麼幹了，問題是我不會！

老趙頭那小冊子上沒寫，柳無常也沒說，只告訴我有一成的法力值可以用。但到現在我都沒發覺那一成到底在哪，如果真有這個法力，昨天拖個地怎麼還磨出一手水泡？

好不容易等到晚上八點多，整個大廈終於徹底安靜。

我和紀雲收拾好東西，進入電梯間，按下最上面的按鍵，也就是最高層。

按照計劃，我們兩個會先從最高層開始搜查，然後再一層一層往下走，地毯式的搜索下，只要大樓裡有鬼，就不怕查不到。

電梯徐徐上升，我的心情卻一點一滴地消沉，說實在的，我雖然說貌似點能力，但一不會運用，二來，難道就這樣跟鬼打一輩子交道？

我暗暗歎了口氣，總覺得陰曹官不是什麼好差事。

就在我滿腹心事時，電梯緩緩停下。

這麼快就到頂了？不可能啊！我抬頭一看，才三樓。

隨著電梯門緩緩打開，門前黑暗中站著一個人。此時走廊燈早已經關閉，只剩幾個應急燈在高處閃著微弱綠光。

好在電梯裡還鑾亮的，我就著燈光一看，登時愣住，竟然是白天在三樓好心提醒我的那個女孩。

無獨有偶，對方一見到我們，也是滿臉愕然。

「你在這幹嘛？」

「妳在這幹嘛？」

我們異口同聲道。

「妳怎麼現在才下班？」我先反應了過來，又加問了一句。

女孩輕輕拍著胸脯，鬆了口氣說：「嚇死我，沒想到都這麼晚，電梯裡還會有人，我……我加班太晚，倒是你們，要去哪？」說著，突然滿臉警戒地看著我們，微微往後退了半步。

我微一猶豫，紀雲搶著說：「我們是勤工儉學的大學生，聽說今天晚上有流星雨，就想去頂樓平台看，聽說幾十年才一次呢！」

也許是紀雲俊朗正直的外表讓她覺得安心，也許是她聽到大學生就放鬆警戒，總之，女孩看似相信紀雲的話，還好奇地問我們，「真的？太巧了，我怎麼沒聽說？

我也想去看看，不如一起吧。」說完，人更笑著走進電梯，手指輕觸，電梯門緩緩關上。

這丫頭膽子可真大，素不相識，竟敢跟我們上頂樓？

我苦笑了一下，暗地裡給了紀雲一腳，就他多嘴，現在上哪變出流星雨啊？

紀雲一臉無奈地看著我。

沒想到就在此時，電梯居然再一次停下。

又是誰啊？大半夜的……我再次抬頭看，六樓，一絲不安隱隱掠過心頭。

電梯門開了，門前站著的，正是那個水蛇腰。

我凝目一看，一顆心直直沉了下去，現在這人已是滿臉黑氣，毫無生機。

「沈部長好。」那女孩微微鞠躬問候。

沒想到這個水蛇腰還是什麼「部長」？

水蛇腰一見到女孩，神情立刻轉變，用手撐住電梯門，滿臉敵意地盯著那女孩，直截了當問道：「妳去哪？」

那女孩平靜回道：「我今天趕報告晚下班，剛剛聽說今天晚上有流星雨，便想去頂樓平台看看，給沈部長添麻煩了。」

這有什麼麻煩可添的？我不解地看著。

那個沈部長一聽，神情稍稍放鬆，轉眼看見我和紀雲，立刻又繃起臉來。

「你們兩個！誰允許你們上樓的？沒人教你們規矩嗎？幹完活就老實待在宿舍，誰給你們膽子往樓上跑？還背了兩個包，到底要幹什麼？說！」

嘖嘖，這位姐真是當官當慣了，開口就是一通劈頭蓋臉的審問，真拿我倆當賊？我可是想救妳的小命啊，大姐！

紀雲反應很快，立馬從包裡拿出望遠鏡，臉上掛起那陽光般的笑容，「這位姐姐，我們是大學生，聽說今天有流星雨，這才特地準備望遠鏡，想去樓頂看看，要不姐姐妳跟我們一起去看吧，好不好？」

這小夥子確實有殺傷力啊！我聽了身上都起雞皮疙瘩了。

同時，那個水蛇腰臉色明顯好轉，看著紀雲媚笑道：「小弟弟可真會說話，不過，我今天沒空，常總還在樓上等我呢！下次吧。」

聽著這膩得發嗲的語氣，我忍不住惡寒，這要是平時，可能還讓人心動，但現在這位大姐滿臉黑氣，怎麼瞅怎麼慌。

說完話，女人走進電梯，門又緩緩關閉了。

女人進來後，沒去按鍵，瞄了一眼就站著不動，雙手微微抱肩，甩了下頭髮，倒是風姿嫣然。

「姐姐，常總平常都住在這樓裡呀？」

「是呀，常總就住在頂樓，對了，你們怎麼來幹清潔工的？哪天來面試一下吧，姐姐可是人事部的部長喲。」

「好呀，那真要謝謝姐姐了，可惜我們之後還得回學校上課，恐怕做不久。」

「這樣啊……」

看著紀雲神態自若地瞎扯，我一聲都沒敢吭，偷瞄了旁邊女孩一眼，只見她正抿著嘴低頭輕笑。

我看著她的側影，不知怎麼有點恍惚了下。就在這時，電梯微微一頓，速度緩緩慢下。

十八層，就快到了。

第11章

急速墜落

我驚呼一聲，再看時那張臉卻不見了。忽然間，另一側傳來「唦唦」的聲音，我猛地回過身，就見對面多了三顆綠幽幽的人頭，身體有些虛幻，在黑暗中忽隱忽現地飄著。

電梯速度變慢，最後輕顫幾下停住，顯示幕上「十八」兩個數字讓人怵目驚心，但門沒打開。

「怎麼是十八？應該顯示十九的呀！」

水蛇腰臉色變了，猛按幾下開門鍵，發現無效，又慌裡慌張地砸門，大喊道：「有人嗎？開門啊！」

「別敲門……」我忽然意識到異狀，伸手剛要去拉她。

就在這時，電梯上方突然傳來「啈」的聲響，似乎有什麼東西斷裂，緊接著，電梯微微晃了一下，隨即往下一沉……

「不好，電梯要……」紀雲喊道。

與此同時，電梯裡的燈突然「啪啪」作響，只見幾下電光閃爍後，眼前頓時一片漆黑。

電梯裡立刻出現一聲恐怖的尖叫。

「別叫！就他媽的因爲妳叫！」我衝著那個水蛇腰吼道。

不過片刻工夫，電梯又往下沉一些。

雖然已預料到電梯可能會出事，但事到臨頭，我卻束手無策，只能皺眉。

另一邊，紀雲拿出手電筒，一束強光照射在天花板上，沉著臉不斷打量，似乎在思考對策。

水蛇腰已經癱在地上，不斷的尖叫聲令人心煩無比。

相較之下，女孩則出乎意料地鎮定，在一開始的驚呼後，便主動縮到電梯角落，雙手交叉，長長的秀髮垂在胸前，身子微微顫抖。

不知怎的，看著她，我的胸口沒來由一痛，心中頓時大急，不住埋怨自己，在這關鍵時刻，怎麼一點主意都想不起來？真是廢物！

見電梯開始傾斜，紀雲忽然開口道：「上面肯定有情況，你幫忙照看著，我出去探探。」

我剛要應聲，就在這時，心頭忽然閃過一絲明悟，似乎隱約間明白什麼，連忙對紀雲擺了擺手，緩緩閉上眼睛。

接下來，我試著沉靜心神冥想，就幾秒間工夫，身上忽然出現異樣，再睜開眼睛時，卻驚訝發現，兩隻手居然冒出淡淡黑氣。

我頓時信心大增，看來一成法力果真存在，更加倍努力集中注意，把一絲精神力分散出去，只一剎那，便似乎捕捉到什麼。

「老紀，把上面打開！外頭有東西，我出去，你給我墊底。」我指著電梯上面對紀雲大喊道。

紀雲聽我一說，立刻應道：「好，馬上就開。」

情況緊急，他也不顧忌了，順手拿出一把十點五毫米口徑的大號手槍，對著電梯的天花板中間「砰砰」就是幾個點射。

天花板轟然炸裂，露出一個大洞，往裡看，是一片漆黑的電梯天井。

水蛇腰看著我們，無聲張大嘴看著。

我不理她，直接走到角落，順手脫下外衣，披在縮在一角瑟瑟發抖的女孩身上。

黑暗中，如秋水般明亮的雙眸目不轉瞬地看著我，雖然神情驚恐，卻充滿信任。

「別怕。」我輕聲對她說，然後一陣深呼吸後，對著紀雲吼道：「送我上去！」

紀雲立刻身子半蹲，雙手交叉搭了個架子。

我一個箭步衝上，右腳踩在他手上借力，身子瞬間竄出那個大洞，接著雙手一撐一翻，輕盈地落在電梯廂外。

這身手，嘖嘖，真牛逼，我都不知道我自個怎麼上來的……

這是我第一次見到電梯天井裡的樣子，心得只有一個字，黑。

沒想到電梯外面居然是這樣一番令人揪心的景象：黑暗的天井裡，左右各有一條長長的滑道，滑道上每間隔一段就安著一個很暗的小燈泡。電梯兩側是兩組滑輪，粗長的鋼索掛在滑輪上，頭頂上方不遠處隱隱透出幾絲天光，估計是電梯主機房，看來的確到了頂層。

此時，電梯微微傾斜，從我的角度往下看去，依稀可見一片深不見底的黑暗，兩排昏暗的燈光一直延伸到黑暗盡頭，猶如一個個的眼睛正注視著我。

我看得眩暈，不敢再往下看，十八層樓，這得多深啊？

下意識抓住身旁的鋼索時，「嗙嗙」聲又響了起來，原來，這聲音是鋼索發出來的！

我沒帶手電筒，只得運足目力，終於看清一側滑輪上的鋼索斷掉幾根，如果剩餘的幾根全斷，那我們就會從這十八層大樓的最高處急墜而下！

這絕非偶然，是人爲還是鬼祟呢？

我把精神力運到眼睛上，努力在黑暗中搜索，但除了腳下的洞裡紀雲拿著手電筒不停晃動外，看半天也沒發現什麼。

這不對呀，剛才我明明感應到「什麼」，現在能讓我感應到的東西，除了鬼還會有什麼？

找不到鬼祟，只好先想別的辦法，我俯身撿起一根斷裂的鋼索，靜靜運氣，下意識掰了幾下，發現自己居然可以輕易掰彎，這看起來又粗又長又硬的……呃鋼索，居然在我手裡就跟鞋帶一樣軟綿，不由大喜，看來這一成也夠非人類了啊！

我忙把散開的鋼索撿起來，打算以手動方式重新接起。

我湊近滑輪，先是費了點勁，把幾條斷掉的鋼索重新打了個結，牢牢綁住，一邊暗暗佩服自己，瞧這手勁，以後吃核桃都不用錘子。

就在我舉著綁好的鋼索，正準備往回掛上軌道的時候，身邊驟然湧來一股寒意，眼前突如其來閃現一張人臉！

「啊——」

我驚呼一聲，再看時那張臉卻不見了。忽然間，另一側傳來「啈啈」的聲音，我猛地側身，只見對面多出三顆綠幽幽的人頭，身體有些虛幻，在黑暗中忽隱忽現地飄著。

其實，這對於我來說並不是什麼可怕的，然而我清楚地看到，它們正大光明地在我面前伸出手，一邊面無表情地盯著我，一邊掐斷那一側的鋼索！

電梯又猛一震，緊接著，靠我這一側的鋼索也在巨大拉力下加速斷裂。

我的心沉得比十八層地獄還要深，下一秒，電梯廂體便如同一個被人拋下的玩具，在一連串的驚呼慘叫聲中，從十八層近百米的高空急速墜落！

失重的電梯在黑暗中飛速下墜，我差點從電梯上翻落，下意識伸手牢牢扣住身邊的鐵架，穩住身子。耳邊只聽到電梯廂體不停碰撞天井的巨大迴響，和裡頭彷彿變得遙遠的呼救聲。

聽紀雲急切地在電梯裡不斷大聲呼喊，我同樣急出滿身冷汗，卻只能眼睜睜隨著電梯墜落，腦子裡出現一瞬短暫空白。

第12章

生死時速

我這才發現，原來下面不遠就是電梯天井的坑底，大概只差三、四米，大夥就要一起去地府報到了……不知道那樣的話，我還能當官不？

那三個綠幽幽的人頭在上方盤旋，嘴裡發出陰森歡快的笑，隨著電梯一路飄下。

我心情愈發急迫，忽然身上開始不斷湧出絲絲黑氣，幾息後化成濃濃一片，我頓時狂喜，看來眼前的危機反而誘發出所有潛力，估計那一成已經全力啓動。

可我現在人在半空，毫無施力之處，就算能像上次一樣生猛，也無濟於事啊！

突然間，我又想起腦中那兩位愛說悄悄話的朋友，不知爲何，自從上次從古墓回來，這兩人就再也沒說過話。

兩旁的小燈泡不斷炸開，「嗞嗞」聲音不絕於耳，我嘗試著抓了幾次兩旁滑道，想用力把電梯拉停。可惜現在力量是有了，但滑道上面滑不溜丟，全是潤滑油，再加上巨大的下墜力，根本抓不住，反而在手上劃破好幾處，胳膊也磕得生疼。

眼看電梯下墜的速度越來越快，我目眥俱裂，仰頭怒吼，忽見那幾個鬼魂隨著我的吼聲顫抖起來，嘴裡發出恐怖尖叫，似乎十分怕我。

你們幾個小鬼，敢坑我？也不打聽打聽我是誰！

危急萬分時，我終於想起自己是他們的領導，這幾個傢伙居然趁我只有一成法力的時候下黑手，不想活了是不是？

我一手抓著電梯，一手迅速從懷裡掏出官符，空中一舉，大聲喝出幾個連自己都覺得怪異的音節。

多虧我昨天臨時抱佛腳，學了老趙頭的殄文字典一會，現在剛好拿來對付惡鬼。那幾個惡鬼聽了我的命令，渾身哆嗦，似乎掙扎些什麼，片刻後，竟「嗖」地一下飄到電梯下方。

黑暗中，隨著我不斷大聲喝令它們，電梯墜落的速度竟然真的變慢。最後，失去控制的電梯終於緩緩停住，在軌道上停住。

我下意識抬頭看，上面是一片漆黑，也不知墜落多少層。

電梯停下，我差點崩潰的神經頓時鬆懈，「撲通」一下跪在電梯殼上，渾身沒來由有些發抖，心裡既震驚又滿足。

讓我猜對了，這些可以掐斷鋼索的鬼魂，擁有止住電梯的能力。

這時，紀雲也翻身攀上電梯頂部，用手電筒往下面照。

我這才發現，原來下面不遠就是電梯天井的坑底，大概只差三、四米，大夥就要一起去地府報到……不知道那樣的話，我還能當官不？

紀雲轉過身看了看我，一副無限後怕的樣子，看來他也嚇得夠嗆，臉色都煞白了。別看他一身本事，剛才這情況還真施展不出來，要不是我，哼哼……幸好他是個男的，否則肯定得大呼「恩人」，然後以身相許！

一想到以身相許，我立刻想起那個女孩還在電梯裡，連忙掏出手電筒從那個洞裡往下看。

電梯裡，水蛇腰歪著頭躺在地上，似乎暈了過去。而那個女孩依舊縮在角落，緊緊抱著我的外衣，像是一隻受到驚嚇的小兔子，緊緊咬著嘴唇，正一言不發地抬頭望著我。

我的心頓時落了地，忽然旁邊傳來「撲通」一聲，我忙轉頭一看，原來紀雲直接跳到電梯底下去了。

這小子真是擁有一顆冒險的心，才一眨眼工夫，就蹦下去了。電梯底下是什麼樣，我倒真沒見過，只是隱隱感覺，這電梯天井裡一定有些蹊蹺，不然，這幾個鬼魂不可能老徘徊在這。

想到這，我也爬下去，就在雙腳落地的瞬間，見紀雲指著地上說：「你看，那是什麼？」

我低頭一看，這天井坑底中間是一個巨大彈簧，應該是用來緩震的工具，而彈簧的中間，放了一張似紙一樣的薄東西。我伸手拿了起來，薄薄的，感覺半軟半硬，似乎不是紙，倒像是羊皮之類的東西。

我沒心思研究材質，因爲看到這東西時，就被上面所寫的文字嚇呆了。那上面寫滿怪異文字，我居然還認出其中幾個，心下一動，這不是上次古墓裡面出現的什麼水族鬼書嗎？雖然內容不一樣，那字體卻毫無疑問地雷同。

「咦？這好像是人皮……」紀雲不知什麼時候湊近，突然來了一句。

「我靠！」我一個哆嗦，把那玩意扔到他身上，「不帶你這樣的，拜託下次再嚇唬人給個鋪墊好不好啊？這玩意給你了。」

紀雲沒事人似地把那塊據說是人皮的東西塞進包裡，抬手指了指上面。

「這底下就這麼一個有古怪的東西而已，咱們可以上去了吧？小心你那幾個哥們等下又來坑你。」

我抬頭一看，就見電梯懸空停在離坑底幾米高的地方，電梯底下不斷盤旋那三個噁心的人頭。

「嗯？你能看見它們？」我想起了這個問題，疑惑問道。

紀雲聳聳肩，一臉無奈道：「大哥，它們都什麼樣了，惡鬼啊！電梯都抓得住，還有啥做不到的？」

「哦哦，說得對，得趕緊溜！萬一它們又發神經，把電梯扔下來，我們可受不了。」

我趕緊走到一層電梯門那裡，爬上半個身子，然後用力打開門，和紀雲兩人一起爬上去。

我又衝那三個鬼魂大喊，只見電梯緩緩降下來，我們把那個女孩和水蛇腰拉出後，那電梯便「轟」的一聲，直接砸在緩震彈簧上。

終於結束了。

那三個鬼魂飄了起來，滿臉都是迷茫，似乎有點不知所措。

而就在此時，水蛇腰悠悠醒了過來，睜眼一看，見到三個綠幽幽的人頭飄在空中盯著她，頓時一口氣沒喘完，眼睛一翻，又暈過去了。

我歎了口氣，取出官符，微一運力，它們就自動附上牌子，慢慢消失。

做完這些，我才真正放鬆，頓時覺得身上又酸又疼。站在電梯上面從十八層的高度往下掉，這樣的經歷，這樣的滋味，真是又刺激又嚇人，回想起來，感覺還挺酷的。

「謝謝你。」

那個女孩在身後輕聲說。我回過身，她把我的外衣遞過來，微微一笑，露出一排整齊好看的牙齒。

「我叫葉曉迪。」

那一瞬間，我有點失神，愣愣看著這個叫做「葉曉迪」的女孩轉身走開。

「別發愣了，人都走遠了，我們趕緊撤吧，小心等會有麻煩。」紀雲提醒我。

就在我倆剛要跑路時，忽然一陣雜亂的腳步聲傳來，一群人從大廳門口跑上前來。「站住！你們是幹什麼的？這裡到底怎麼回事？」

人群中有人大聲發話，我和紀雲只好無奈停步，畢竟之後還得繼續打工。

一群保安湧近，其中幾個滿臉驚慌地跑到電梯前，一個滿臉陰沉的人從人群裡走出，目光在我和紀雲臉上轉了幾下，定定落在我倆的背包上。

「打開你們的背包！」

第13章

葉曉迪

我和紀雲一邊走一邊小聲討論，身後忽然有一輛車出現，刷的一下停在我們身邊。轉頭看去，車裡坐著的竟然是美女葉曉迪。

這背包可不能打開，我包裡現在躺著幾枚貨真價實的手榴彈呢！

紀雲的包就更別提了，整個就是一哆啦A夢的口袋，說不準會搜出什麼玩意，至少，裡頭有新塞進去的一張人皮。

但現在這情況，要再說是去看流星雨，估計這群人會當場出手把我們揍個半死。雖說我和紀雲現在都屬於變態戰士，總不能對著活人下殺手。

我想了想，說道：「常總，我知道你無法理解，但這棟大廈最近發生很多事，相信我們能夠幫助你，我們也是爲了這個目的前來。如果方便的話，我們想和你單獨聊一聊。」說完，還滿懷希望地看著他。

我以爲能跟他順利談談，畢竟他是這裡的老闆，這些日子發生的事，相信他一定很清楚。

誰知，這個常總不屑地看了我們一眼後，轉頭吩咐旁邊一個人，「準備報警。」

那個人我見過，是這裡的保安部長。只見他一揮手，幾個保安立刻張牙舞爪地衝上來，其中一個人滿臉無奈，正是現任保安隊長，李小白的二哥。

說實話，我真想跟他們拚了，殺出一條路衝出去，否則，就我跟紀雲這模樣、這裝備，要說自己是好人，鬼才相信。

無奈上來的保安偏偏是李家二哥，我的差事是人家介紹的，結果鬧出騷動，他肯定難脫嫌疑，要是再跟他拼命，實在太不夠意思。

我以眼神向紀雲示意，表示無奈。他便「嘿」了一聲，隨手把包扔在腳下，眼睛緩緩瞇起。

我還在腦中飛速思考對策，幾個保安已經衝到近前。

李二哥搶先抓起我的背包，往裡面掃了一眼，順手從裡面掏出那把金刀，回身對著那位常總舉刀喊道：「常總，沒別的，就一把刀，好像是工藝品。」

李二哥顯然在幫我，我不禁心中感激，暗暗鬆了一口氣。誰知就在這時，紀雲那邊又出現情況。

原來，當另一個保安俯身去抓那個包時，紀雲竟一個手刀狠狠砍在那名保安後頸。那保安一聲沒吭直接就趴地上，隨後他抓起背包，擺了個姿勢就準備往外衝。其他的保安一看紀雲出手，呼啦一下全都圍過來，足有十幾號人，手裡都握著電擊棍。

就在這千鈞一髮之際，常總突然幽幽發話，「行了，沒事！我看這只是誤會，你們幾個廢物閃開，讓他們走。」

這是什麼情況？

我和紀雲對視了一眼，滿腹疑問。都動手了還誤會？而且，這不合理呀，哪來的誤會啊？

李二哥明顯鬆了口氣，把金刀遞還給我，「常總說是誤會，那就是誤會，你們哥倆趕緊回去吧，該上哪上哪。」說著暗暗朝我遞了個眼神。

這是讓我們趕緊走，離這裡遠遠的，遲恐生變啊！

我攥著那把金刀，愣了下神，感覺那個常總彷彿不經意往我手上瞟。

他緩緩說：「今天晚上電梯事故只是意外，所幸沒有人員傷亡，明天通知工程部加緊維修另一部，兩天內恢復運轉。另外，今天的事，我不希望任何人多嘴。」

說著，他陰著臉環顧了一周，所有人碰觸到他的目光都不由自主低下頭。

我和紀雲從人群中走出。

就在走過常總身邊的時候，忽然聽他低聲對我說道：「再見。」

聽這短短的兩個字，不知怎地，我身上升起一陣寒意，拉起紀雲，腳下加快速度往外走。

是非之地，還是離越遠越好，我心中忽然有一種感覺，其實人比鬼更難對付。

走到大廳門口，李小白匆忙從後面追上，踩著拖鞋，衣衫不整，顯然剛睡醒。

只見他跑到我們身邊，喘著氣說：「小哥，雞哥，你們怎麼走了？我剛被我二哥拉起來，他說你們要走，我還沒跟你們待夠呢！」說著，李小白半咧著嘴，感覺有點要哭的樣子。

我看著李小白，忽然有一點感動。不知爲什麼，雖然和他沒有什麼過命交情，但總覺得，這個說話顛三倒四的兄弟，像我的親弟弟一樣。

我抓起李小白的手指，放進他的嘴裡，吩咐道：「咬。」

李小白愣了一下，不過還是一口咬下。這孩子一貫實在，直接咬了個鮮血淋漓，卻像沒事人，呆呆看著我，「幹啥啊，小哥？」

「往眼睛上抹，讓你『看』個東西。」

一聽這個，李小白立刻高興了，立馬把血抹到眼皮上，眨了眨眼睛，然後「咦」了一聲瞅著大門口，就想直接往外竄。

我馬上一把拉住他，「看見了吧？門口那是個陰間的鬼獸，這棟樓是個鬼窩，你一會跟你二哥說一聲，明天趕緊辭職走人，再待下去就會出事了。」

李小白「哦」了一聲，連連點頭，眼睛卻沒離開過大門口。

門外台階下的黑暗中，那隻鬼獸依舊懶洋洋趴在那裡，似乎剛才所發生的一切，它根本不當回事。

我們倆走上大街，此時已是深夜，路兩旁的路燈依然閃著微微的光，不遠處就是那家速食店。此情此景看去就如同那天夜裡一樣，只不過心境已大大不同。

這次無故收了三個惡鬼，算是平生頭一遭經驗，然而，此行的最主要目的卻沒有完成。

老爸的案子依舊沒能突破，我到底該怎麼做，才能讓這件事出現轉機？還有，這詭異的大廈，電梯下那神秘的人皮鬼書，以及那感覺詭異的常總……

當我的金刀出手後，他前後態度有著巨大反差，這一切究竟隱藏著什麼？

我和紀雲一邊走，一邊小聲討論，身後忽然有一輛車出現，「刷」的一下停在我們身邊。定睛一看，車裡坐著的竟然是美女葉曉迪。

她打開車門走下，身上套了一件風衣，頭髮攏在腦後，清秀的臉龐上掛著成熟幹練的微笑，與剛才在電梯裡的表現簡直判若兩人。

只見她笑著對我們伸出了手。

「兩位好，讓我們重新認識一下吧。我叫葉曉迪，是靈異探索雜誌社的特約記者，你們可以叫我葉子。」

我和紀雲同時張大嘴巴，半天都沒合攏，充分表現出心裡的驚訝程度。靈異探索雜誌社？還特約記者？這丫頭埋得挺深啊！

葉曉迪見我們倆不吭聲，嬌笑道：「二位帥哥，想去哪？我開車送你們。」

於是，在一個月黑風高的夜晚，我和老紀兩個良家少男就稀裡糊塗地被葉子拐上車。由於老紀的家就在附近，很快又下車，臨走前，我把包裡那幾個「鉛球」還給他，金刀也讓他拿回去鑑定，他還不忘朝我擠眉弄眼，彷彿幸災樂禍。

第14章 再入地府

不知怎的，就在這時，我腦子裡忽然一陣迷糊，葉曉迪的聲音在耳中越來越遙遠，她的身影也越來越模糊，以至於她後來說什麼，都我完全沒有印象。

最後，只剩下我和葉子兩個人。

我們誰也沒說話，任車子在迷離夜色中徐徐前行。

鼻端隱隱飄來如蘭氣息，一時間，我有些恍惚，沒來由歎了口氣。

「今天……謝謝你。」葉子低聲說。

「嗯，沒什麼。」我學著老紀的樣子，故作瀟灑地一聳肩。

「你有心事嗎？」她輕聲問。

我不知道該如何回答，只搖搖頭。

「那你要去哪？」她又問。

「去哪，我也不知道。」聽著她這句話，我有些迷茫地喃喃自語，轉頭看她，反問道：「妳要去哪？」

沒想到，她愣了一下，也跟著搖頭，「我也不知道。」

一時間，我又沒詞了，氣氛再次沉默下來。

葉子忽然轉頭看我，像是想起了另一個話題，問道：「你怎麼知道那個大廈會出事的？」

我又不知道該怎麼回答，尷尬地撓了撓頭，又憋出一句，「那妳怎麼會在那個大廈裡工作？」

葉子掩口輕笑，「哪有像你這樣的啊？我問你一句，你就反問我一句，要不這樣吧，你先講你的故事，好不好？」

她的聲音很柔和，溫婉的語氣讓人無法忍心拒絕。

此外，打從我見到她的第一次起，心裡就有一種很奇怪的感覺，似乎我和她早已經相識很久。

車開得很慢，漫無目的地在清冷大街上緩緩而行，我把頭靠在座椅上，輕輕吁了口氣，對著一個初次相識的女孩子，講出自己前半生的故事。

才剛開了個頭，我就發現原來這是如此美好的發洩方式，尤其是旁邊還有位好的聽眾時，更是一發不可收拾，腦子一熱，索性把所有的事全說出來。

幸好我這人不是個話嘮，嘴上還有個把門，有些特殊內容硬生生憋回肚裡。那些陰間的事跟她說了也沒用，再說，我也不想讓她認爲我是個精神病。

我一口氣講完，這才發現車子不知道什麼時候已經停下。

葉子聽得如癡如醉，半晌沒言語。

往車外看了看，我們停在最新修建的江畔路上。這還是去年哈爾濱鬧洪水的時候修的，不遠處就是防洪紀念塔。

「我給你出個主意吧。」她忽然說。

「什麼？」我愣了一下。

「你不是能見到鬼嗎？乾脆找個鬼，跟它商量，讓它去跟負責你爸案子的人說是它幹的，不然就嚇唬他。」

咦？好主意啊！要是這麼幹的話，甭管那人信不信，先嚇他個半死，估計什麼事都解決了。這麼好的主意，我怎麼沒想到呢？

打定主意後，我心情大好，問她，「妳呢？也講講妳的故事吧。對了，妳這麼晚不回家能行嗎？要不咱們改天再說？」

誰知葉子搖搖頭，嘴角露出一抹寂寥，淡然道：「我就一個人，回不回家都一樣，我從小是在孤兒院長大的……」

不知怎地，就在這時，我腦子裡忽然一陣迷糊，葉曉迪的聲音在耳中越來越遙遠，她的身影也越來越模糊，以至於她後來說什麼，我都完全沒有印象。

意識再次恢復時，耳邊有個人在跟我說話。

「大人，您回來啦。」

順著聲一看，原來是柳無常，他正站在小樓前面，恭恭敬敬地衝我躬身行禮。

四周一看，灰暗的天空，死黑色的街道，幾個穿黑衣服的鬼在遠處巡邏。

我有點納悶，這沒來車接、沒來人迎的，我爲何一時迷糊就到地府？

「老柳，是你把我弄來的？」我質問道。

「……怎麼說呢？今天大人輪值，到時辰自動就會來。」柳無常恭敬回道。

「輪值？那我幾天輪一次啊？」

「一個月兩次，初一和十五。其他時間，大人都是自由的。」

「嗯……這還行。」我點頭道：「不過，能不能不這麼突然啊？耽誤人家泡妞是很不道德的，知道不？」

柳無常一愣，「這個，還真忘了跟大人說。呃……怎麼說呢，就是初一、十五這兩天，時辰嘛，按陽間算就是晚上十點半。您記住，這兩天時間，您就啥也別幹，在家光躺著就行了。」

我不由傻了，「啊？按你這意思，到了這個點我就啥也別幹？要是有要緊的事，不是耽誤了啊？你說，我要是在上頭正收拾惡鬼殭屍，突然就昏死過去，那不是要我的命？你們地府怎麼什麼事都這麼不靠譜啊？」

柳無常笑著說：「大人，要不說您有大才呢！其實吧，有些事還真挺不靠譜。對了，那天您提的建議，我已經上報給秦廣王辦公室。對方說正在研究，估計這兩天就會呈報上去，嘿嘿，到時候分了功勞，大人您定是頭一份。」

我納悶地問：「什麼建議？秦廣王不是第一殿閻王嗎？他也有辦公室？」

「大人，您忘啦？那天您不是建議把孽鏡台和善因石砸碎嗎？轉頭我就直接報上去，結果秦王辦那裡很重視，誇說這個建議非常好……對了，秦王辦就是秦廣王辦公室的簡稱。」

我暈，居然來真的？我那天只是隨口一說而已，這麼看起來，人家這地府辦事程序還真簡潔的，問題這麼快就有回應。我記得上學時候，我們學校的校長信箱基本上沒打開過，跟人家一比，差遠了。

也不知道現在葉曉迪是不是在對著昏睡如死人般的我大瞪其眼……一想到她，我這心裡不知怎的，有一種說不出來的滋味。說是甜蜜太肉麻，說是愛戀太朦朧，就是有點想得慌，感覺一顆心離了原位，似乎被什麼提了起來，有一隻小手在上面輕輕揉摸，癢癢暖暖，哎，這麼形容是不是有點猥瑣……

「大人，您的表情好溫柔……」柳無常插嘴說。

「一邊去！咦？老柳，你說話好像正常了，不拽古文了？」

柳無常呵呵笑道：「總那麼說話多累，其實地府早就說白話了，大人那天說得對，都開小轎車了，咱這思想也得進步不是？」

我讚許地點點頭，「這就對了嘛！嗯，先說說吧，今天來，有什麼事需要我做的？」

柳無常道：「當然有，大人是司丞，全省事務都歸您管，您可忙得很哪！」

我不由得樂了，「敢情我還是陰間的『省長』呀？」

第15章

鬼魂學

我的天呀！原來我姥爺居然是趙陽陽的前任陰曹官啊？敢情他老人家早就知道這一切，卻什麼都瞞著我？可是，也沒見我姥爺有多厲害的本事啊！

我忽然想起老徐，那傢伙生前是什麼局長來著？看來這件事得從他這入手。

我跟柳無常說：「老柳，你把上次那個徐斌給我帶來，我今天就先審審他。」

柳無常點頭稱是，轉身去提鬼。

幾個鬼卒恭敬地把我迎進小樓裡。這是一棟外貌普通的二層小樓，正是我的辦公地點。

走進大門，裡頭是一間類似電視裡縣衙門般的正廳，鬼卒兩排站立，個個兇神惡煞一般，一張老闆大桌，一把大轉椅，看起來還真是古今合璧。

我有些不自然地坐下，仔細打量兩邊鬼卒。

鬼到底長什麼樣？相信很多人都會好奇，然而世間絕大部份人終其一生，都沒有這個眼福，或者說，不會這麼倒楣。

實際上，大部份鬼的樣子都跟生前一樣，說得更精準些，一個人死亡時的狀態是什麼樣，鬼就什麼樣，不過肉體上的外傷不會展現在鬼身上的。比如一個人生前斷骨或頭破，死後的鬼魂不會有這些毛病。鬼魂只會繼承人在自然環境下的變化狀態，比如衰老，比如胖瘦。

同時，在地府裡的鬼又分爲兩大類。一類是陰間原生的鬼，它們是由天地陰氣生成，大多擁有行政職，比如大部份的鬼卒鬼差和一些各司各部的官吏，以及部份冥將冥帥，甚至幾位閻王，都在這個分類。

另一大類，則是擁有靈氣的萬物精魄，它們由於某種特殊原因無法投胎，或者不願投胎，便留在地府裡，成爲普通居民，才能個別突出的，還能謀得差事。

既然地府的世界是由世間萬物的魂魄構成，那自然什麼都有。人爲萬物之靈，所以無論是什麼有靈氣的動物，或者是年深日久增生靈氣的植物，死後都會化爲類人狀，行爲舉止像人，卻又保持部份來自本體的外貌特徵。

什麼是有靈氣的動物？說白了就是與人接近較多的高等動物，比如牛馬豬狗，或者是那些天生就有靈氣，容易修成精怪的動物，比如東北常說的「胡黃白柳常」，也就是狐狸、黃鼠狼、老鼠、刺蝟、蛇。

由於管道多元，鬼魂的形態模樣自然千變萬化，在民間傳說乃至神話故事中，或怪異，或猙獰，或醜惡，有高大者，有細小者……「鬼怪」這個稱呼，在世間凡人的心目中，只有更神秘，沒有最神秘。

就像我眼前這幾位哥，就什麼模樣都有。

左手邊前站著一個牛頭鬼，頭長牛角；旁邊是一個柳樹鬼，一腦袋柳樹枝，身上是暗綠色的。再往後是一個膀大腰圓的三角腦袋，看不出是什麼本體，後面還有幾個外型模糊不清，奇形怪狀。

而右邊的一排，都是正經人形，個個面無血色、眼窩凹陷，穿著古代衙役的衣服，一副有氣無力的樣子。這很好理解，能在這待著的，大多數是正常死亡，也就是病死的，你說人要病死的時候樣子能好看嗎？至於橫死，就不會出現在這。

當我正托著腮幫子研究鬼魂學時，柳無常已經帶著徐斌回來。

「被難之鬼徐斌叩見大人，求大人可憐我為人一世不易，搭救我脫此苦難。」

這老小子剛來就趴地上給我來上這麼一套，這都哪學的呀？柳無常說話才剛正常，這傢伙怎麼又發神經了？

我一看桌子上有個驚堂木，拿過來「啪」地一拍，喝斥道：「下跪之鬼近前說話，本官有事相詢。」

然後，我壓低聲音問柳無常，「老柳，這哪兒有獨立審訊室？我要獨自審問這個傢伙。」

柳無常一指裡面，恭敬道：「大人自去後堂便可。」

唉，看來在正式場合還得這麼說話，也難怪，這裡大部份都是陳年老鬼，估計徐斌這兩天沒少被灌輸禮儀知識。有必要搞這麼多形式化嗎?要與時俱進才行呀!

我再一拍驚堂木，轉身走入後堂，有兩個鬼架著徐斌跟在身後。

一進內堂，我就傻了。

只見這不大的房間裡空空蕩蕩，只有靠牆有一排供桌，上面明晃晃地擺著幾個牌位，下邊各插著幾根無比粗大的香燭，嫋嫋煙氣在堂內繚繞。

那頭兩個牌位上的名字我不認識，然而第三、四個牌位，我看上去登時嚇了一跳。

第三個上寫：北陰酆都大帝下屬第六省司前官張諱殿閣之位。

第四個上寫：北陰酆都大帝下屬第六省司前官趙諱陽陽之位。

我的天呀!原來我姥爺居然是趙陽陽的前任陰曹官啊?

敢情他老人家早就知道這一切，卻什麼都瞞著我?可是，也沒見我姥爺有多厲害的本事啊!

「這是咋回事?」我回身問。

柳無常說道：「回大人，這是前任司吏官長的功德牌，可以爲他們在地府累積功德值，一直到他們離世後，將再根據功德值給予相應的福利待遇。大人，您目前尚在試用期，要等到轉正後，才會有這個牌位。」

聽完他的解釋，我不得寒了一下，給活人立牌位，這地府還真是創意無限。

「那個……老柳，你們先出去晃一會。」

柳無常躬身一禮，帶著那倆鬼卒離開。

屋子裡就剩下我和徐斌兩個人，不對，剩我們兩個鬼，不對，是一人一鬼，也不對，都什麼亂七八糟的……哎！就甭管是人是鬼吧，反正屋內只剩我們倆。

徐斌可憐巴巴地看著我，我則摸著下巴回望他。

「老徐，你以前是管哪個部門的？」我開口問道。

「交通，交通……」徐斌一連聲應著，即使完全不白問題重點爲何。

「當真？」我大喜過望，一把揪住他喊道。

徐斌被我搞懵了，瞪大眼睛說：「當然是真的，我可是交通局長，那天就是去視察高速收費站才出的事……」

我撇撇嘴，「你視個毛察，帶小蜜去視察工作啊？別人不清楚，我還不知道嗎？對了，一直忘了問，你那個麗麗哪去了？怎麼沒見過她？」

聞言，徐斌立刻耷拉腦袋，一臉悲傷的說：「麗麗已經走了，我也不知道她是去投胎，還是去受苦了……唉！都是我的錯，那天我不該順路帶她去渡假村……」

我一臉同情地看著他，想了想後說：「這樣吧，有機會我再幫你問問，看看她去哪了。」

這老小子立時狂喜，「真的？小兄弟，你真是太夠意思了，只要麗麗能過得好，要我怎麼感謝你都行，真的！」

看這毫無做作的真情流露，我心裡暗暗歎息，雖說這傢伙頭頂貪官污吏的罪名，又包養二奶，但在人性深處，仍然留存一些真誠，讓人感動的東西。也許，這才是真正的人性本質吧。

這次，我是真的想幫他了，即使不是爲了那件車禍案件。

「現在有個機會能帶你回到陽間一趟，你願意嗎？」

我對著徐斌說道。

第16章 地獄圖騰獸

柳無常臉色漸漸嚴峻，沉聲道：「如果當真發生這樣的事，那是很可怕的，尤其如果是被有心人操控，肯定要出大事，地獄通靈犬會讓那一片地域成為地獄。」

「還……還陽？那我能……能不……」

徐斌呆住了，磕磕巴巴地說著話。

我點點頭，「嗯，是還陽，不過純屬旅遊性質，其他更多的就別指望了。再說，我估摸著你早火化了。」

「哦，是這樣啊……」他的神情一瞬黯然，隨即又問道：「小兄弟，你帶我回去，是不是有什麼事要做？只要是我能幫上忙的，儘管說。」

看看，到底是當過領導的人，重點手到擒來，我也沒廢話，當下就把老爸的事簡明扼要地說一遍。

徐斌聽完後，蠻不在乎道：「管那片的小子叫郝建，很好對付，當初他進交警隊還是我安排的，現在當個隊長就逼得不得了，他媽的！小兄弟不用擔心，郝建那小子欺軟怕硬，等我去嚇死他個王八羔子，敢欺負我兄弟，不想活了他。」

我忙說：「可別給真嚇死，還得指望他發話放人呢，老徐，你說這事能成嗎？」

徐斌想了想，對我說：「兄弟，要說直接放人還真有點難，畢竟撞死人是事實，就是家屬不追究，也得判個三年兩年。」

「好，先看看情況再說，不出意外的話，明天我就來帶你回去。」

徐斌激動萬分，不停搓手叨咕著，「太好了，太好了，當時我出事，實在太突然了，我老娘估計都哭慘了……唉！再過一個月就是她七十大壽，本來都給她老人家準備好禮物，這下卻什麼都沒了，要是能回去看看老太太就好了……」

我拍拍他的肩膀，沒有說什麼，心裡卻暗想，如果有可能，一定幫他一把。

回到前廳後，徐斌照例被押走，畢竟他現在還是惡魂的身分。

我重新坐回椅子，瞅著旁邊侍立的柳無常，突然想起件事。

「老柳，我再問個事，咱們這酆都城門口不是有倆雕像嗎？那是啥？」

「哦，那是地獄通靈犬的雕像。上古傳說，地獄由一隻三頭犬守護，而這地獄通靈犬就是三頭犬的後代，現在地府中僅存少數幾隻，分別坐鎮幾處重要城池。」

我皺了皺眉，接著問：「那它們有沒有可能會出現在陽間？」

柳無常點點頭，語氣肯定道：「有這個可能，它們往往會被某些陰氣極盛的地方吸引，或者被人用某種特殊術法利用。至於用途十分明確，有地獄通靈犬在的地方，鬼魂便會認爲那是陰間。」

我一愣，「認爲是陰間？啥意思？」

柳無常解釋道：「鬼魂如果認爲那地方是陰間，自然就會徘徊在那裡，不會離開，如果有人刻意操控，鬼魂甚至會聽其所用、爲其所馭。不過，這種事，從古至今也屈指可數，怎麼？大人莫非在哪裡發現此物？」

我歎了口氣，說道：「是啊，你說的這『屈指可數』的事，我前天就碰上一次了……你說，這東西如果在陽間出現，會有什麼事情發生？」

柳無常臉色漸漸嚴峻，沉聲道：「如果當真發生這樣的事，是很可怕的。尤其如果是被有心人操控，肯定要出大事，地獄通靈犬會讓那一片地域成爲地獄。」

「這麼可怕？那你們是不是可以出面擺平這件事？」

「這事情節重大，如果情況屬實，理論上是應該由地府出面解決沒錯。」

「理論上？」

我一聽，就知道又有狀況了。

柳無常臉色有些尷尬，「呃，是的，理論上。因爲地獄通靈犬在陰間的地位就相當於圖騰獸一般尊貴，別說我得行大禮，就算十殿閻君見到，也得恭敬三分，所以這事，我得先上報……」

我靠，這麼牛逼橫行地府的物種，居然會聽凡人指揮？是不是太過反差了啊！

「那好吧，還有一個問題。」我繼續問道：「爲什麼在陽間的鬼魂有的會顯形，有的不會，有的可以直接跟人溝通，有的則需要用特殊形式？」

「是這樣的，如果是在陽間徘徊，還沒有進入地府且正常死亡的鬼，可以最大限度保持生前的一切狀態。只有進入地府領了鬼心後，才會喪失人的特徵，真正成爲冥界之人。可這有個前提，就是不能在陽間徘徊太久。鬼魂如果死後不能進入地府領取鬼心，時間久了就會變成遊魂，產生並且累積怨氣，慢慢化爲怨魂，最終失去理智害人，也會失去人的特徵，無法溝通。」

「另外，非正常死亡者，會直接成爲怨魂，喪失人的特徵，甚至可能進化爲厲魄，再變爲惡煞，具有很大發展潛力。一般來說，低級別的鬼魂和遊魂無法顯形，正常人無法看到。鬼魂無任何能力，遊魂則可以搬移一些小型物件，或者讓某些物體晃動，不過頂多就只是嚇唬嚇唬人的程度。」

「怨魂就不同，不僅能夠顯形，還擁有直接攻擊的能力，和害人的本能。民間常說的鬼打牆、鬼上身、抓替身，就是指怨魂。要是達到厲魄，甚至惡煞，那就更恐怖，可以直接以怨念發揮出巨大的能量，害人對於它們來說只是小遊戲。如果沒被高人制服，那有它們存在的地方，都將變成修羅地獄、活人禁地，絕對是有多少死多少，關於這類存在，地府也很頭疼。」

柳無常就跟背書似的，一口氣說出許多駭人聽聞的事，聽得我情不自禁打起哆嗦。按柳無常所說，在陽間的正常死魂魄可分為鬼魂、遊魂、怨魂；橫死者則分為怨魂、厲魄、惡煞。其中鬼魂無能力，遊魂只能惡作劇，怨魂可以害人，厲魄和惡煞則是法力高強、為害一方。

我皺眉問出最重要的一點，「這些害人的東西，地府為什麼放任它們作惡，不去管理？」

柳無常回答道：「通常來說，沒有進入地府的鬼魂，便不歸地府管理。天地人三界有個規則，三界間互有關聯，卻不得輕易越界。地府可以去陽間勾死鬼，卻不能隨便出面管理那些因故滯留在陽間的鬼魂，才會產生道士和尚這些能溝通陰陽的職業。可惜近百年來，世事變化太大，真正有本事的道士和尚越來越少，加上如今人心敗壞，因此地府才會仿照古時天庭設人曹官的舊例，由地藏王菩薩在陽間選取天命之人，掌管一方鬼事，這也就是陰曹官以及各省司的由來。」

這下我算是徹底釋疑，想了想，又問出一直以來最關心的事。

「老柳，這陰曹官的任期有多久？」

「任期爲十二年一屆，到期可以連任，也可以請辭，像張官和趙官，便是連任兩屆，也就是二十四年。」

得，這回沒疑問了，至於怎麼對付後面的事，慢慢再說。

我點頭，同時拍拍屁股站起來，對柳無常說：「行了，老柳，今兒個的『地府講座』就到這吧，我在上面還有點事。對了，明天晚上我要拉徐斌還陽，有事要他去辦，應該沒違反規矩吧？」

柳無常忙說：「是大人職權內的事，當然不違反陰律，不過，時間只能是一個晚上，五更之前必須把他送回來。」

「五更？你就直接說幾點吧。」

「呃，凌晨四點前比較好……」

我習慣性抬手想看手錶，卻發現腕上空空如也，摸了摸口袋，也是空的，看來靈魂入地府時，只能帶上一套衣服，幸好沒讓人光屁股。

「我問一下，現在幾點了？」

柳無常怔了怔，回頭問了句，「現在什麼時辰？」

一個身材瘦小的小鬼走過來回道：「稟大人，丑時三刻。」

我又犯愁地抓了抓頭髮，板著指頭算半天……唔，大概是後半夜兩點半左右。

「好吧，那我先走了，這次就這樣，咱們下回見。」

柳無常帶著小鬼們躬身送別，「屬下恭送大人。」

我剛想要問回陽間怎麼走，柳無常朝著我又是「呼」地吹了一口氣，我就忽忽悠悠地飛了起來。

他媽的，下次再不讓他這麼送我了，這傢伙有點口臭呢！

第17章

忘不了

信紙中，一張由明媚笑靨點亮的照片，靜靜看著我，一如她往昔模樣。我抓著那封信和照片，呆然半晌，忽然無聲笑開，一滴淚緩緩滑落臉頰。

我迷迷糊糊回到陽間，剛醒過來，就覺得頭下枕著什麼東西，軟軟香香的。眼睛微睜，發現外頭仍然是深夜，四周一片寂靜黑暗，我人也還在葉曉迪的車裡。

臉上忽然有些癢癢的感覺，我抬起頭一看，原來是葉子的一縷長髮。

她的頭靠在座椅上，微微側垂，似乎睡得正香，而我正躺在人家姑娘的大腿上，還緊緊抓著她的手。

唔……好吧，就讓這一切繼續。

此時，我的心裡很是平和，感覺所有煩惱被關在車外，又緩緩閉起眼睛，拉著她的手，嘴角彎出一抹笑意，安詳地入睡。

清晨，柔和的陽光將我喚醒，一睜開眼，剛好與葉子四目相對。這丫頭不知道啥時候醒了，正低著頭凝視著我。

我忙翻身坐了起來，尷尬地道聲抱歉。

她臉一紅，笑了下說：「你是不是太累了？昨天說著說著，居然睡著，住哪？我送你回去吧。」

我撓了撓頭，有些不好意思，「我自己回去就行，反正我現在沒工作，倒是妳一會還得上班。那個……昨晚真是不好意思，不知怎地就昏睡過去。」

說完，我看了下錶，都快七點。

葉曉迪沒再堅持，開車把我送到公車站，互留聯繫方式後，我下了車，她則準備離開。

我走了幾步，忽然想起什麼，忙喊住已經發動車子的她，然後跑到不遠處的早餐車那裡買兩個漢堡和一杯豆漿，然後跑回來塞給葉曉迪。

「這算是土洋結合的時尚型早餐吧？」我得意道。

葉子歪著頭，對我做了個很可愛的表情，再把一個漢堡塞回我的手裡，然後發動車子，慢慢離開。

我望著車子遠去的方向，心頭緩緩掠過一絲無法形容的莫名情愫。又等了一會，公車來了，就在我邁步上車時，忽然想起一件事。

小蕊，我該去看看小蕊了。

推開小小書店的門，一股久違的熟悉味道讓我立時放鬆。仰面躺在折疊床上，我重重吐出一口氣，輕鬆自在的感覺彷彿又回來了。

這幾天睡眠總是不好，尤其還去了兩趟陰間。說實話，過陰的時候，表面上人是昏睡，實際上一點都沒睡著。本來睡眠休息就是要補充人的精神，結果我一到晚上就出去串門子，別人看來是呼呼大睡，事實上等於在值夜班，這精神能好嗎？

我直接把店門反鎖起來，準備蒙頭大睡，三兩口把漢堡塡進肚子裡。

就在我似睡非睡的入夢節骨眼上，有人「砰砰砰」敲門，我把被子拉到頭上，乾脆不理對方。

過了一會，那人又開始敲玻璃，一個勁地敲。

我登時來氣，一把掀開被子，沒好氣地打開了門，「誰啊？沒看鎖門了，還敲什麼敲？」

門外站著個十四、五歲的小孩，抱著幾本書，被我吼得一縮脖子，吶吶道：「吳哥，我……我來還書。」

這孩子我認識，附近學校的，總來租書看。

我揉了揉鼻子，「還書啊？還書著急什麼？進來吧。」隨後轉身進屋。

那孩子忙跟在我身後，小心地把那幾本書放在桌子上，長出了口氣，「吳哥，你可出現了！你好幾天沒開店，我這三本書看完，天天跑來你這想還書，偏偏就是見不到你，都急壞了，那是我媽給我買鋼筆的錢呢！」

「哦……哥這幾天有事。」我隨口應了句，翻開帳本，「嗯，你是八號拿走的書，今天是十六號，不算今天總共是八天，再去掉……」

對方趕忙說：「去掉四天，我十一號就看完了……」

我抬頭衝他笑了笑，「當然要去掉，三本書一天一塊五，四天一共六塊，押金二十，找你十四，對吧？」說著，便遞給他十四塊錢。

這孩子接過去，轉頭就要走。

我想了想，直接叫住他，出門到隔壁文具店買了一枝十塊錢的鋼筆，回到店裡塞給了他。

「拿去用吧，以後想看書就來拿，不要錢。愛看書是好事，別亂花爸媽的錢，記住少去遊戲廳啊！」

男孩拿著鋼筆愣了一下，才相信是真的，連聲道謝，樂呵呵地跑走。

我重新把門鎖上，躺回床上，這回卻睡不著了。

按照現在的情形繼續下去，這間店還能開嗎？我要是四處斬妖除鬼，拯救世界，這店顯然沒法再繼續經營下去。

這事往大了說是造福人類，實際上就是他媽的不務正業啊！拯救世界誰給錢啊？到處跑，路費誰出啊？吃啥喝啥？真不知道以前我姥爺和老趙頭是怎麼過來的？

正胡思亂想間，又有人敲門，還邊敲邊喊，「老吳，你在不在啊？在就快點出來，出大事啦！」

是胡文靜的聲音，我忙起來幫他開門。

這小子一進來就給了我一拳，罵罵咧咧道：「你這傢伙死哪去了？這幾天怎麼總玩失蹤，你那傳呼是不是讓你當電子錶用啊？」

聽他一問，我這才想起來，那天從將軍墳回來後，我的傳呼機就沒電，一直處於關機狀態，後來事太多，早忘了。

從床底下把背包拽出來，翻出我的傳呼機，一看，果然沒電。

我把傳呼隨手放在桌子上，對胡文靜說：「等下你陪我去看小蕊吧，這些天一直沒時間。」

不料，胡文靜一聽，卻莫名其妙歎了口氣，一屁股坐在我床上，從懷裡掏出封信遞給我。

「還看什麼，小蕊已經去大學報到了。我就說讓你抓住機會，你偏偏不往心裡去！這是她給你留的信，你自己看吧。」

我愣住了，下意識接過那封信，看著上面那娟秀熟悉的字跡，心裡悵然若失。

「吳憂，我走了，謝謝你，真的，我要好好謝謝你。這些天發生很多事，那些不可思議的事，還有你爲我做的努力，我都知道。那天在醫院發生的一切，我一直都在旁邊『看』著。你是個好人，我永遠永遠都不會忘記你，不會忘記這幾年的每一份快樂。可是，吳憂，我真的該走了，到陌生的城市追尋我的夢，即使我多麼希望這一路能有你陪在身邊，但我們都長大了。在人生的岔路口，你往左，我卻要往右，希望在千轉百折的人生路上，我們能在下一站相遇。那時，我會要你再牽住我的手，好嗎？」

信紙中，一張由明媚笑靨點亮的照片靜靜看著我，一如她往昔模樣。

我抓著那封信和照片，呆然半晌，忽然無聲笑開，一滴淚緩緩滑落臉頰。

曾經的年少，誰能忘得了？

第18章 你幸福嗎

我看著徐斌，想了一下，跟柳無常咬了會耳朵，然後學著老趙頭的樣子，心念一動，一個瞬移飄到車裡。心思再一動，車子就往前動了一點。

該走的終究會走，要來的遲早要來。

我把信紙仔細折好，和照片一起小心放回信封，然後把它們鎖在抽屜的最底層，或許有一天，我還會再次打開這塵封的信紙，但願到那時，我們都還在。

我望著窗外，怔怔出了會神，最後深深呼吸，把視線移到胡文靜身上。

「不說那個了，咱們出去吃包子吧。對了，你能不能幫我問問，管咱們區這片的交警隊長，應該是叫郝建，他家在什麼地方？」

胡文靜以異樣的眼神看著我，「你小子心可真大，這時候就是給你吃雲南白藥，也應該無法彌補你心靈的創傷才是……還郝建，聽這名字就好賤。」

我聳聳肩，「現在小籠包子比雲南白藥有用，至於他賤不賤，很快就知道了。」

事實證實，我這句話是正確的。

當我專心致志地埋首兩屜包子時，真的短暫忘記那麼多煩惱和憂傷。看來這也是一種動力來源，不知道那些大科學家、大文學家們，是不是也是遇到鬧心事，才會整出一番成就。

吃完包子後，胡文靜一頭霧水地被我趕走，去找他二叔打聽郝建的消息。

我則是去買了幾個電池，把傳呼開機，然後把門鎖好，窗戶擋住，一頭鑽進被窩，也不管睡不睡得著，強迫自己進入無意識狀態。

天剛擦黑時，我的摩托羅拉漢顯王「滴滴滴」地響了起來。

我迷迷糊糊地一把抓過來，瞇眼一看，是胡文靜發的訊息。

郝建，家住太平橋××街××號，先說好，我資料給你了，但你可不能……

資訊後面是一排省略號，看來胡文靜還挺聰明，不敢說得太明顯，他是想勸我別幹傻事，別一時衝動。

我看著資訊上的地址，微微笑開，白天郝建是執法者，但是天黑後，便是我的天下。點燃了一根煙，我沒有開燈，就那麼斜倚床上，吐出一個個煙圈，想著一堆堆心事，慢慢等待時辰。

傳呼機又響了，拿起來一看，是紀雲發來的。

勿動，調查中。

這個老紀，不知道又在調查什麼。這傢伙一直很神秘，讓人猜不透，不過，能為兄弟拼死的人，就算他有一萬個秘密，我也不會猜疑。

又等了一會，大概九點多，時辰差不多，我在床上躺好，雙手交叉放在胸前，緩緩閉上眼睛。

大約一分鐘後，我就進入冥想狀態，感覺自己的身體越來越輕，像要飛起來一樣，最後終於飄身而起。回頭再看，另一個跟我一模一樣的「人」正躺在床上。

靈魂出竅，這還是我第一次在清醒狀態下完成這個過程。

我很不習慣地迷糊了會，然後又在心裡冥想，就見身邊緩緩有霧氣升騰，漸多漸濃，當霧氣把我徹底包裹時，便心裡一動。

周圍一陣白光閃爍，下一刻，我就出現在地府的辦公小樓門口。

我定了定神，看來，這就是我的傳送門入口。

柳無常照例帶著人跑出來迎接，這老小子總是這麼敬業，似乎永遠都在上班，那為什麼地府裡其他人可以每天只工作兩個時辰呢？

我笑瞇瞇地跟他打招呼，「老柳，你可真敬業哪！我什麼時候來，你都在，沒有休息日的呀？」

柳無常笑著說：「咳，我的事都是小事，大人您來了，那可是頭等大事，哪能不出來迎接呢？」

我點點頭，「別那麼客氣，我也沒啥大事的。說起來，你還算我半個老師，告訴我那麼多東西……那個，我可以把徐斌帶走了吧？」甭管上級下級，說話客氣點，給對方點面子，總是會收到很好的效果。

柳無常聽我這麼一說，果然很高興，忙不迭吩咐一旁的鬼卒去帶徐斌。

然後，他又從身上拿出一輛紙紮的小汽車模型，放在地上，輕輕吹了口氣。

一瞬間，小紙車便晃晃悠悠地變成一輛牛逼哄哄的真實小轎車，正是我那輛桑塔納二〇〇〇。

「大人，這個歸您了，以後來去也方便。不過，這東西平時用不上，只有在您帶其他鬼魂的時候才有用，因為普通的鬼魂無法任意穿越陰陽界，必須憑藉您的法力。」

「法力？就我這一成能管啥用啊？我記得趙陽陽當時滿格狀態時，還是打不倒個紅毛殭屍。」

柳無常神色一凜，「大人，紅毛殭屍可是惡煞級別的對手，很難對付。而且那東西沒有魂，毫無意識，會將我們地府的手段削弱。除非是人間道家或者佛家，還有就是那些得了道的大仙等，才能有效壓制。」

「大仙？難道還真有神仙不成？」我問道。

「連閻王都有，您說神仙有沒有？不過呢，我說的不是天上的神仙，而是人間那些得道的畜類，在東北，就叫做『大仙』，或者『野仙』。」

聽到這，我心裡忽然一動，想起那天在將軍墳裡，我忽然暴走，打翻一群紅毛殭屍，難道說……

這時，有鬼卒喊，「犯鬼徐斌一名解到。」

轉頭一看，徐斌正滿臉興奮地站著，兩隻手都不知道往哪擺。

我看著徐斌，想了一下，跟柳無常咬了會耳朵，然後學著老趙頭的樣子，心念一動，一個瞬移飄到車裡。心思再一動，車子就往前動了一點。嘿！這簡直就是無動力腦電波控制的高端技術啊！不知道啥時人間的科技能發達到這個程度。

「上車了嘿，小徐子，哥哥帶你回家家。」不知怎的，此時的我心情很好，不自禁地跟他開起玩笑來。

徐斌也「嘿嘿」笑了笑，點頭哈腰上了車。

我問柳無常，「那個，老柳，還陽的路該怎麼走？到時辰後，又該怎麼把他送回來啊？」

「大人，您出了酆都城後，沿著路一直往前，就是那天咱們走過的那條路，然後走到一個三岔口時，從中間那條路進去。快開到盡頭的同時，心裡想著任一個熟悉的人間地，再開出去，就會到了。回來也一樣，只要想著這條路就行。」

「得，我明白了。老柳啊，我給你放兩天假，回去好好休息，這兩天就別上班了，帶薪的，拜拜！」

柳無常一樂，又衝我擺手，「多謝大人，拜拜！」

哈哈哈，這老鬼這麼快就被我調教成現代人了！

我開著車，帶著徐斌緩緩上路。

再看徐斌，他很新奇地打量車子，不停摸摸這，又摸摸那，最後冒出一句，「這車，跟我開的那台一樣。」

我笑著問：「這趟如果順利，很有可能你就不用受罰，你幸福嗎？」

徐斌一愣，回應道：「小兄弟大人，我姓徐……」

第19章 今夜無人入眠

唉！看來人生百態，不一而足，每個人都有自己不同的活法。只是，人不管到了什麼時候，都要走正道、做好事，說不定哪天，窗戶外面也會有雙眼睛正在注視著自己。

這次把徐斌帶回陽間，除了找郝建，我心裡還有一件事準備要做，不過現在暫時不說，到時候再給他個驚喜，嘿嘿！

我翹著二郎腿坐在車裡，和徐斌一起出了城。

行駛在曠野中，周圍是一片看不到頭的灰暗，不時有幾個鬼魂往城裡走。從我們身邊路過時，它們無一例外地看向我們，興許奇怪，酆都鬼城歷來有進無出，而現在也不是七月十四鬼門開的日子，怎有人，不，是有鬼還開著車四處兜風呢？

不過，我沒心思理它們，心裡正琢磨著啥時給這車CD燒幾張碟片下來，就是不知道能不能放出聲。如果不能播放，就改試燒幾張已故歌星的碟片，要不這地府裡實在太沉悶了！

正想著呢，眼前出現一片小樹林。沿著小樹林再往前走，就看到三條岔路，被一層淡淡霧氣籠罩，不知通向何方。

我沒有猶豫，開著車逕自奔中間的路而去，進去後才發現，原來這條路並沒多長，也許是因爲開車的緣故吧，很快就到了盡頭。

盡頭處，有一道大門，就那麼立在虛空，上下左右什麼都不挨。一層黑氣像城牆似的，無限延伸至大門兩側，有兩個長得一看就像植物的鬼卒站在那裡，一左一右，還掛著腰刀，看來是守門的。

到了門前，我停住了車，揚手掏出官符——對了，老趙頭的日記裡說過，這東西的原名叫「百鬼陰陽令」，乍聽還挺酷的。

那倆植物鬼一看我的官符，隨即一個立正，立馬把門打開。

我心裡這個樂啊，心想你個「腸蟲清」，有保安給你立正開大門，哥兒們我也有，而且我比你牛逼多了，哼！

沒想到，大門後就是另一個世界，霧氣散開，眼前景物乍變。只見大街上霓虹耀眼、車流不息，左右一打量，正是我心裡想著的地方，哈爾濱。

不過，這位置有點偏差啊，眼前這條街，好像是南崗區的東大直街，而且讓人感到無比坑爹的是，大半夜的居然還在堵車，怎麼有這麼多車呢？

好在堵車跟我沒關係，咱這可是最新型的鬼車懸浮桑塔納！

我開著車，肆無忌憚地在他們頭上飄過。我可不敢直接從車群裡穿過，那樣會對他們有不良影響，要知道，我們現在可是鬼魂狀態。

我愜意地把頭靠在座椅上，不經意一低頭，咦，你們猜我看見誰了？

前面一輛車裡居然坐著腸蟲清這傢伙，哈哈，這孫子也在車陣中堵著呢。看他一臉陰沉的樣子，似乎很是焦急，之前那個水蛇腰沒在他身邊，也不知道大半夜的他要去哪？

哼哼！開大奔你也得在這給我堵著，哥兒們不陪你了，拜拜了！

萬萬沒想到，正在我得意地從他的車上面飄過時，這孫子居然抬頭往我這方向看了一眼。

這讓我毛骨悚然，難道這傢伙居然能看見我？他到底是什麼人？

東大直街到太平橋的距離並不遠，還沒等我想明白這小子是怎麼一回事，就到了地方。左右瞅了瞅，確認地點無誤後，我直接把車停在郝建家的樓下。

我朝徐斌一揚下巴，「老徐，你去吧，三〇二，悠著點就行。你是領過鬼心的，可以直接顯形，不過，別嚇死他啊，把事辦好才是咱們這次的主要目的。」

徐斌愣了，吶吶道：「小兄弟，你不跟我一起去啊？不怕我跑了？」

「要是不相信你，我就不會帶你上來了。」我微微笑了笑，繼續說：「快去吧，我在外面等你。」

徐斌一聽我的話，呆了半晌，最終激動點頭，「小兄弟，你放心！以後你的事就是我的事，只要徐斌不死，哦不對，只要有我徐斌在的一天，我……我……」

我輕輕擺了擺手，「行了，別矯情了，有這心情就可以。快去吧，待會辦完事，我再帶你回家。」

徐斌「呀」了一聲，一臉驚喜地看我，什麼也沒再說，立刻摩拳擦掌，扭頭直奔樓上飄去。

眼看著他緩緩飄進三樓某一家的窗戶，不一會，就傳出一聲恐怖的尖叫，然後寂然無聲。

我暗暗思忖，不知道這傢伙把人家怎麼了，但相信他這位故局長大人出面辦這點事，只是小兒科，能辦砸才奇怪！

等了一會，我有點無聊，也輕飄飄地晃了起來。

小時候曾經有一段時間，我特別嚮往住樓房的生活，可惜每次都只能看到一樓。我經常仰望二樓以上的那一格格小窗戶，幻想自己跟蜘蛛俠一樣「咻咻」爬上去，看看那些人都是怎麼生活的。

這下總算得逞，而且我比蜘蛛俠還牛，像搭電梯似地一直飄到七樓，隨便找了一家還亮燈的人家，從窗戶往裡面看去。

這家屋子擺設很是簡陋，一家三口正圍著一個小電視，看得其樂融融，貌似是個進城打工的家庭……嗯，祝福你們未來一切順利。

我繼續往下飄，六樓屋裡就一個哥們，坐在電腦桌前盯著螢幕看得正起勁。哎？這倒是挺新鮮的玩意，看著他聚精會神的樣子，還透出一股賊兮兮的味道，我不由得好奇了。是在看什麼呢？仔細一瞅，呃……歐美愛情動作片？算了，這不適合我，接著往下飄吧。

五樓已經關了燈，傳出微微的男人鼾聲，隱隱還有一個女人的啜泣聲……唔，不理解。

再往下，四樓一個小學生正在寫作業，不時打著哈欠，我憐憫地嘆氣，都快十一點了，怎還不讓孩子休息？現代教育真嚴苛啊！

三樓窗簾半遮，裡面還傳來奇怪的呼吸聲。

我好奇湊到跟前一看，嘖，裡頭的小倆口也不遮嚴實點，反倒嚇人呢！

我趕緊往下飄，剛到二樓半就聽一個女人操著發膩的聲音，喊道：「快點！我老公快回來了。」

這個……我聽得三條黑線，由衷替她老公頭上的綠帽子感到傷心。

二樓是一對老夫妻，好像剛洗完腳，老太太正在給老頭兒揉腿。嘖嘖，真羨慕，歌裡怎麼唱的？這就是「最浪漫的事」了吧？

最後到一樓，這裡好像是個飯館的後廚房，一個男人正「叮叮噹噹」地切菜，應該是在準備第二天的材料。一個女人站在旁邊，不時用毛巾幫男人擦汗。

唉！看來人生百態，不一而足，每個人都有自己不同的活法。

只是，人不管到了什麼時候，都要走正道、做好事，說不定哪天，窗戶外面也會有雙眼睛正在注視著自己。

我正感慨著世情百貌時，身後傳來徐故局長的聲音，只聽他洋洋得意地道：「小兄弟，一切搞定。」

看著徐斌得意的樣子，我認真問他，「當真這麼容易就搞定了？你怎麼辦的？」

「簡單得很，我一去便嚇唬他，說他陽壽已盡，又說本來還有二十年，誰叫他前幾天誤抓一個十世好人。閻王很生氣，後果很嚴重，所以叫我來帶他下地獄。這小子當時嚇得屁滾尿流，趴在地上求我救他，於是……」

說到這，徐斌興奮地舔了下嘴，接著道：「於是呢！我就告訴他，只要現在馬上把那個十世好人放了，我才好在閻王爺那裡幫他說情。這小子立馬答應，嘿嘿，簡單吧？」

我懷疑道：「這也太容易了吧？可是，他一個人答應管用嗎？其他部門都不會問？還有，那死者家屬怎麼辦？說放就放呀？」

第20章

回家

站在自家門前，徐斌出乎意料變得不自然，哭喪著臉不說，眼神裡有一絲期待，又似乎帶著一絲不安尷尬。走進別墅裡，沒過幾秒，就聽到一陣奇怪笑聲。

徐斌說：「小兄弟，你不懂這裡的事。放人，肯定不是那麼簡單，有很多環節要去疏通，也有很多關係要去處理，死者家屬也要安撫好。不過，這些事根本不需要我們多慮，那是他的事，畢竟自己的命最重要不是？再說那個郝建有的是錢，當初光買這個官兒，就花了三十萬。在這世上，沒有錢辦不到的事，死者家屬無非就是想多要點錢而已。既然這些錢都由他出，你就放心吧。其實，這只是個小案子，對方也沒啥背景，馬馬虎虎就能蓋過去。」

這一番話聽得我目瞪口呆，這件讓我家上下無比頭大的事，他三言兩語就解決了？只要多扔些錢，就能風平浪靜？

看我吃驚的樣子，徐斌跟個老大哥一樣輕輕拍了拍我的肩膀，嘆道：「別太驚訝，有錢能使鬼推磨，更別說人了。只要錢到位，大事化小，小事能化無。可要是沒錢，沒事都能變有事，小事更提升成大事，端看當官的想不想收拾你……所謂錢和權，自古就是這樣緊密相依的關係。」

徐斌說著，忽然猶豫了一下，看了看我說：「咱也不說陽間，你以為今天能帶我上來，是你一句話的事，對吧？跟你老實說，昨天晚上你才剛走，那些傢伙就要把我送到秦廣王那，說什麼『時辰到了不容耽擱』。我在他們手裡就相當於在派出所蹲拘留，打點打點就能過去。可要是送到秦廣王那裡，相當於進了公安分局，一過去，就沒得跑了。我好說歹說，許了那些鬼差每人一百億的好處，就連柳無常，也討去我兩百億，還說是看你的面子……所以，小兄弟呀，在世上混，甭管陰間陽間，都得拿著錢說話，只不過陰間管得稍微嚴一些罷了。所謂閻王好見，小鬼難纏，不就是這個道理？你以後辦事可得多長個心眼才行，知道嗎？」

這一席話，讓我徹底啞口無言，心情頓時低落，我還以為自己當了這個什麼陰曹官，就不會再有人間的花花心腸，能秉公執法、鐵面無私，沒想到居然還是同樣無奈？

這樣的話，地府跟人間又有什麼區別？都是滿腹鬼胎的東西。「有錢能使鬼推磨」，這話還真沒說錯。不過，再一想，似乎也是這麼個理，那些鬼本來就是從人間死過去的，能沒點人間的臭毛病嗎？

徐斌看我有點失落，嘿嘿笑了笑，對我說：「你也不用這麼愁眉苦臉的，跟陽間比起來，那些小鬼只能算是小打小鬧，整體風氣也要比陽間強上百倍不止。再說，他們都是死了很多年的鬼，陽間漸漸沒有人燒紙錢，也沒有人上供，他們吃啥喝啥？要知道，鬼也需要吃東西生存，需要穿衣服蔽體，但陰間那可憐巴巴的一點工資，讓它們連肚子都塡不飽。其實，事物都具有兩面，我們不能只看到陰暗的一面便灰心喪氣，對吧？」

不得不說，這傢伙真是有當領導的才能，三言兩語能把人說得對人生完全喪失信心，恨不得一死，可轉過頭幾句話，馬上又能把人說得精神抖擻，好像人間處處有花開一樣，真是了不起！

我勉強對他笑了笑，「徐哥，你說得真好，你這麼有才，要是不貪污的話，肯定是個好官吧？」

徐斌哈哈大笑道：「我這麼有才，要不貪污，對得起自己嗎？另外，我要不貪污，能當上局長嗎？你把一張白布扔在染缸裡泡一會，拿出來的時候，它要還是白的，我就跟你姓！」

我抬腿就給了他一腳，罵道：「死老徐，一誇你就跩起來了是吧？就你這副德性，要是我兒子，我就直接把你淹死在染缸裡……別他媽廢話了，準備一下，帶你回老家去。」

聽我說到「正事」，徐斌立刻換上那副討好的表情，拍馬應承著，忙不迭地和我一起上車。

「對了，小兄弟，下去後別跟柳無常提錢的事，這種事大夥都心照不宣，說開反倒不好，畢竟以後你有很多事都得靠他幫忙，至於錢，我讓我老婆去燒就行。」

我聽著徐斌的話，若有所悟地點了點頭。

隨著徐斌一路指點，我們來到一處高檔住宅別墅區。

我視門口保安如無物，直接穿越鐵門，拐了幾個彎後，停在一棟別墅前。

站在自家門前，徐斌出乎意料變得不自然，哭喪著臉不說，眼神裡有一絲期待，又似乎帶著一絲不安尷尬。

「你個老小子，住別墅呢！行了，別在那裝可憐，到家就趕緊上去看看吧，你家老婆孩子沒準正傷心呢。」我催促道。

誰知徐斌微微苦笑了一下，「我兩個孩子不在家，都讓我老丈人整到國外讀書去了。至於我老婆，這個時間，她怕是……哎！不提這個，小兄弟，你真只是讓我回來看一眼這麼簡單嗎？」

我瞟了他一眼，「我就不說，估計你也能猜到，其實這也是我帶你上來的另一個目的。我幫你問過，要想不下地獄，不變畜生，你只能把你弄的那些昧良心錢全捨了，才能贖淨罪孽，在下面我也好幫你說話。」

徐斌不以爲然道：「那可不是什麼昧良心的錢！他們給我錢，我給他們辦事，沒坑人也沒害人，泯喪良心的事我可沒幹，豆腐渣工程的事也不幹，真要說起來，在貪官裡面，我算是好人一枚。」

我一腳把他踹下了車，哼道：「少扯淡，好人，你下輩子再當好人吧，快去。」

徐斌一攤手，「這個事有點麻煩，你得跟我一起上去。」

「……也好。」我點點頭應道。

商量完，我們倆便一前一後走進別墅裡，沒過幾秒，就聽到一陣奇怪笑聲。

第21章 贖罪

找了個包把錢裝起來後，我又幫著徐斌寫了封親筆信，上頭載明錢款數目、捐贈方式，至於錢款來源，當然沒有寫，也不用寫。

徐斌這傢伙住的別墅還挺大，雖然黑咕隆咚看不清楚，卻能感覺到屋內擺設非常奢侈闊氣。

然而，這不是重點，當我跟徐斌剛剛上到二樓時，竟聽見二樓一間房裡傳出一陣奇怪的笑聲。說奇怪，是因爲這女人的笑聲極爲狂蕩放肆，似乎正在做著什麼非常「有趣」的事，這對於一個剛剛喪夫的妻子來說，很不正常，難道說她……

我看了徐斌一眼，見他滿臉憤憤，也沒吭聲，直接來到最裡面的一個房間，也不用推門，我們倆直接就進去了。

徐斌在前面帶路，一直走到牆角一處壁爐旁，伸手指著牆壁上一幅壁畫，對我說：「小兄弟，你把這打開吧，後面的牆是空心的，一推就開。」

我詫異問他，「你怎麼不自己打開？」

他苦笑不已，「我要是有那兩下子就好了。」一邊說著，一邊伸手抓向壁畫。只見手毫無阻礙地就從壁畫上穿過，如同一陣清風拂過，絲毫帶不動壁畫。

我忘了，老徐只是普通的鬼魂，沒有操控物體的能力，難怪要叫我一起上來。

我只得按照他的指示，摘下壁畫，推開牆壁，後面還真是空心的，赫然擺著一個大型保險櫃。

徐斌還在那指揮呢，「先往左轉三圈，對對對，然後輸密碼，密碼是……。」

我回身看了他一眼，嘬了嘬牙花子說：「我怎覺得這麼彆扭呢？這應該屬於入室盜竊吧？局長大人？」

徐斌一個勁擺手，「不算不算，這可是我家，偷自己的錢哪算偷？」

「那你老婆知道了會不會發瘋？」

「哼！她早就發瘋了，不用管她，她有個好爹在，什麼都不用愁。」徐斌咬了咬牙，狠狠回應。

聽了他的話，我一臉無所謂地撇撇嘴，飛快輸入密碼，隨後拉開保險櫃的門。

保險櫃拉開的一剎那，我發誓，做夢都沒夢見過那麼多的錢，甚至連在電視上都沒看過。

一疊一疊綁起的鈔票，密密麻麻排上好幾層。最下面那層擺著一疊金條，上面放了幾捆花花綠綠的錢，雖然不認識，但我想那應該是美金。

好傢伙，太晃眼了！一捆捆的現金彷彿會發光一樣，閃得我兩眼生花。

都說財帛動人心，要我說，連鬼心都逃不了。

這一大堆錢往這一擺，有幾個人敢瞪著眼睛說這是糞土？

沒人敢說吧？

我看了那些令人目眩神迷的「糞土」一眼，轉頭問徐斌，「就這些？還有沒有存摺什麼的秘密帳戶？」

徐斌苦笑道：「小兄弟，你這是想給我抄家啊？沒了，全都在這，我發誓。存摺上那都是工資，沒放進這。當初我就是覺得現金最安全，也沒人查，才全都放在家裡，這回倒省事了，讓你一鍋全端走。」

「滾一邊去，又不是我要的！這些錢都捐了吧，你說，給誰比較靠譜？」

徐斌故作哀傷地掩臉，「媽呀！半輩子的家當呢……這真是爲錢生、爲錢忙，最後死在錢身上啊！」

我「噗嗤」一聲，真樂了，「我給你對個下聯，爲情癡、爲情狂、爲情哐哐撞大牆……好了，別玩了，要捐給敬老院？還是希望工程？」

誰知徐斌搖了搖頭，答道：「捐給誰都不靠譜，你真以爲那些捐款能花在真正需要幫助的人身上嗎？我這兩百多萬拿出去，能剩下一半就算多的。這樣吧，捐給紅十字會。」

「紅十字會就靠譜？」我疑惑道。

「其實，紅十字會最不靠譜……但紅十字會是最權威的捐助機構，在地府裡的可信度也比較高，我覺得捐給他們，效果能明顯些。至於這個過程中如果有想抽絲剝皮的人，自然有地府幫他記著，跟咱可沒關，對吧？」

我又啞口無言，這傢伙說話怎麼老是透著那麼一股不正直的氣，卻又偏偏令人無法反駁呢？難道說，這就是現實的無奈？

過了好半晌，我把那些錢全取出來，金條我沒拿，那東西太扎眼，就留給他老婆吧。找了個包把錢裝起來後，我又幫著徐斌寫了封親筆信，上頭載明錢款數目、捐贈方式。至於錢款來源，當然沒有寫，也不用寫，反正地府裡只會記錄捐贈一事，反腐的事屬陽間，跟它們沒關係。

落款日期則是上個月，這很重要，那時候他還活著，這封信自然就有法律效力，雖然會引起懷疑，卻不會引起社會恐慌。

做完一切，我們隨即離開房間，中途路過他老婆房間的時候，發現房門是半開的，我下意識往裡面瞧了一眼。

就見一個渾身赤裸的女人正吃吃嬌笑著，同時不停扭動腰肢，玉手挑起床邊某個罐子裡的東西，動作誇張地抹在自己身上。

在她的腳下，一個同樣赤身的男人急促喘息，賣力舔舐她的身體，整個房間充滿淫靡氣息、亢奮的呼吸，還有濃濃的蜂蜜甜香。

我靠！這個也玩太大了吧？

我頓時目瞪口呆。徐斌不等我反應，飛快拉著我逃到大門外，接著又憤憤衝著別墅裡那唯一亮燈的房間「呸」了一聲，最後嘆了口氣，蹲在地上耷拉腦袋。

我尷尬地撓了撓頭，看著一臉懊惱的徐斌，一時間不知該說些什麼。

「現在你知道我爲啥會跟麗麗要好了吧？我忍了她十幾年，也知道她在外面早有男人，可到底是十幾年的夫妻，我回來也是想看看她。沒想到，我才剛死這麼幾天，她就……」

徐斌低聲說話，頭深深埋在膝彎裡，雙手抓著頭髮，聲音微微顫抖。

「那個……」我試探著上前拍拍他的肩膀，安慰道：「都過去了，真的過去了，那已經是你上輩子的事了，你也別太難過。早晚有一天，地獄大門會爲她敞開，而你早已過著新生活，何必看不開呢？」

聽了我的話，徐斌「蹭」地一下站起來，匆匆跳進車裡，咬牙道：「沒錯，爲了新的生活，贖罪去！」

看看時間還早，離五更還有一個時辰左右，我帶著徐斌漫無目的地遊遍哈爾濱大街小巷。或許，這是徐斌最後一次看這座城市，我下意識想讓他多留一些回憶。

「小兄弟，帶我再去中央大街看看吧，還有江邊。」沉默了半天之後，徐斌忽然要求。

沒一會，我們便來到哈爾濱著名的百年老街，開著桑塔納，行駛在中央大街那只供行人步行的石頭路上，感覺很是怪異。

打我知道有這條街的那天起，就完全沒有任何車輛能開進來，現在我們居然開著車在中央大街上橫衝直撞！不得不說，鬼也有鬼的優越感呀！

最後，我們穿過友誼路，來到了江邊。

徐斌下了車，在防洪紀念塔前發呆很久，我也陪著他一起發呆。

說實在的，以前從來沒有注意過這個防洪紀念塔，這個哈爾濱城市的象徵，如今看起來，似乎也染上一絲莫名情感。

徐斌歎出一口長氣，重新上車。

我們沿著江邊徐徐而行，波瀾不驚的江水，在月光下微微泛著銀光。遠處的老江橋猶如一條橫貫江水的老龍，匍匐在那裡，在江水中低聲喘息，似乎正在向世人訴說自己曾經擁有的輝煌，以及如今的悲涼。

正當我心裡發著感慨時，忽然想起一件事。那個老乞丐就在這附近，遠東大廈也離這裡不遠，乾脆繞過去把老乞丐接走，勝過讓他獨自在世上徘徊，說起來，這也是我份內之事。

打定主意後，我便調動車子，轉向遠東大廈的方向飛馳而去。

第22章

驚變陡生

奇怪的事情發生了，鬼獸嘴裡咬著李小白的一隻手，卻忽然發出一陣怪異呼聲，身上不斷溢出絲絲黑氣，整具身體似乎非常痛苦，微微顫抖。

這懸浮鬼車速度快得離譜，沒幾秒就回到那天的十字路口。此時已是半夜兩點多，是大街上絕對只有鬼沒有人的時間。

然而，我在那個老乞丐經常待的地方找了半天，卻不見他的鬼影。

他能跑到哪去呢？

按照柳無常的說法，這裡有地獄通靈犬坐鎮，視同陰域，他不可能跑遠呀！

我剛想放開鬼力，施以小範圍搜索術時，忽然聽見遠處傳來一聲淒厲的慘叫，聽聲音正是老乞丐。

不好！那是遠東大廈的方向，莫非又出什麼事了？

我和徐斌飛快順著聲音傳來的地方飄了過去，到了遠東大廈正門，卻看到一幕恐怖駭人的景象。

地上橫七豎八躺著好幾個人，生死不明，老乞丐則在地上不斷掙扎慘叫。

與此同時，一隻身形巨大，顯露出猙獰惡相的地獄通靈犬，正在吞噬老乞丐的魂魄。

我霎時驚呆，這……這該怎麼辦？那可是連閻羅王都要敬三分的圖騰獸啊，我憑什麼跟它鬥？可是我能眼睜睜看它在人間橫行爲禍嗎？顯然不能！

我沒時間琢磨，直接一咬牙衝了上去，手持陰陽令，一道黑光射出，直奔這隻兇惡的鬼獸。

沒想到，這樣程度的攻擊絲毫傷不到它，幸好至少轉移了它的注意力。

只見這畜生丟下老乞丐，滿眼猙惡地盯著我，張開大嘴怪吼，一道比我那陰陽令還要濃的黑氣立刻朝我直噴。

還好我現在是靈魂狀態，沒有肉體的束縛，動作敏捷。饒是這樣，那黑氣也差點噴到我，一股奇異的力量甚至波及到我的靈魂。

那一瞬間，我竟然有種快魂飛魄散的感覺，簡直太可怕了，這鬼東西果然實力強悍得變態。

我飛快在腦中搜索著老趙頭那本殄文字典裡能用上的東西，卻無奈地發現，那殄文好像對這個變態圖騰獸沒啥用。

其實，那些玩意整理起來翻譯成中文，不外乎是一些單字和普通對話，跟英語課本似的，例如：妳好，我叫傑克，妳叫什麼名字?我是瑪莉……

現在我面對的這傢伙，連陰陽令都不放在眼裡，我要再敢跟它咋咋呼呼套交情，估計它立馬就把我撕了！

這些亂七八糟的念頭才在腦海滑過，地獄通靈犬已經緩步向我走近。

那身子像有小卡車那麼大，看著我的時候還低著頭，不知是否看出我不是它能任意蹂躪的對象，盯著我的眼神裡帶著些許警戒。

徐斌看傻了，嚇得縮在車裡不敢出來，顯然這地獄通靈犬強大的力量壓制，足以讓他喪膽。不過，這樣更好，省得我分心照顧他。

剛略一分神，鬼獸已經趁機縱身而起，速度快到不可思議，似一團黑煙直朝我撲近，我再次狼狽閃身避過。

如此這樣接連躲過兩三下，距離已逐漸縮短，最後，避開它一擊之後，這傢伙竟尚有餘力，用前爪順勢向我一掃。

這回我避無可避，只得硬著頭皮舉起手裡的陰陽令，迎了上去。

兩方相交，鬼獸身形僅僅一滯，我卻被它砸出好幾米遠，重重摔在大廈門口。

雖說魂體不會摔傷，但這下對靈魂的傷害不小，要不是有陰陽令擋了一下，恐怕我早直接被這隻惡犬抓散。

我強自掙扎起身，覺得四肢飄移間有些遲滯，而且心神不寧，居然漸漸精神恍惚起來。

我心頭大驚，看來這陰曹官也就是那麼回事，該死會死的一樣死啊！

想想也對，人家孫悟空大鬧地府時，不就打死不知多少鬼兵鬼將？我這陰曹官估計只是個文職人員，想跟人家堂堂地獄圖騰獸級別的大咖死磕，絕對是找死。

沒想到，這傢伙彷彿信奉「趁你病要你命」這條真理，一點也不給我喘息的機會，喉嚨裡發出一聲古怪至極的嘶吼後，隨即衝著我俯下身子，作勢欲撲。

就在我渾身發毛時，大廈門裡突然有一個人「哇呀」怪叫地跑出來，剛好卡在那個鬼獸撲上來的時間點上，伸出雙臂擋在我面前。

下一刻，飛撲而來的鬼獸直接一口咬在那人手上，我也在此時看清了那人的面目，赫然是李小白！

我絕望地大叫著，這鬼獸張口便是吸魂噬魄，一被它咬到，這兄弟豈不是要徹底完蛋？

然而，奇怪的事情發生了，鬼獸嘴裡咬著李小白的一隻手，卻忽然發出一陣怪異呼聲，身上不斷溢出絲絲黑氣，整具身體似乎非常痛苦，微微顫抖。

下一秒，只見那鬼獸猛力甩開李小白，嘶吼一聲，幾個縱躍又消失在夜色裡，再也不見蹤跡。

靠！這是什麼情況？

我瞠目結舌地望著鬼獸消失的方向，愣是呆了半天，這才反應過來，跑到李小白身前檢查狀況。見他半天沒爬起來，料想這兄弟傷得應該不輕。

誰知，這小子一看我過去，立刻撲稜爬起來，一臉興奮地對我說：「小哥啊！今天我可算是開眼界了，你怎這麼猛呢？哎，對了，小哥，你怎麼變成鬼了？難道你死了？」

我罵道：「別瞎說，我這是靈魂出竅，你說你衝出來幹啥？他媽多危險啊！快讓我看看……咦？你被咬了不是嗎？怎麼沒有反應？」

李小白瞪大眼睛道：「我也不知道，我剛才在門裡面偷偷看了半天，後來你來了，又看你有些扛不住，就衝出來了。」

夜色裡，這小子的眼睛上面抹著自己的血，圓瞪著看著我，頗讓人心底發毛，看來這小子又使出咬手塗眼的老招。

嗯？血？

我忙抓起他被咬的那隻手，上面果然血跡未乾。剛才那地獄通靈犬是咬到他的手才逃的，難道說關鍵在於他的血？這傢伙的血竟有這種特殊功效？我只聽說過有人的血不招蚊蠅，合著李小白這血居然能辟邪？

我心頭大疑，摸著腦袋想了半天也沒明白。

這時，徐斌躡手躡腳地從車裡走下，小心翼翼道：「那個……地上這些人好像還沒死絕的樣子……」

哎呀！差點就忘了正事！我忙湊過去挨個察看。

只見地上一共躺著五個人，看過去，保安、保安、保安、葉曉迪……啊？葉曉迪？我嚇了一跳，趕忙把她攙扶起來，幸好只是昏厥過去，並無大礙。

這丫頭，怎麼哪裡有危險，哪裡就有她呀？這後半夜的熱鬧，她也能趕上，真是夠勤奮。

旁邊李小白叫道：「小哥，嘿，這個人也是女的，還挺好看的……」

我順著他指的那個人一看過去，心神不由得一震，在我的眼中看來，那好像不算是人吧……

第23章

爆炸

話音剛落，只聽那大廈裡面傳來「轟」的一聲巨響，靠近我們這邊的玻璃瞬間震碎。緊接著，爆炸聲不斷炸響，數道火光隨即騰升。

我看著李小白扶起的那個「人」，身上正閃著耀眼白光，白光中隱隱有什麼東西起伏，看不清楚。

這白光只閃爍片刻，又慢慢暗下。再定睛一看，我才看出是個長髮女孩，正靠在李小白的臂彎，低低呻吟一聲，緩緩睜開眼睛。

這女孩醒來後，吃驚地睜大眼睛看著我們，隨後掙扎起身，撲到葉曉迪身旁，帶著哭腔連聲喚道：「葉子姐，葉子姐，妳快醒醒，妳沒事吧，葉子姐……」

說也奇怪，隨著她的呼喚，葉子還真緩緩醒了過來。

她抬眼看了看那女孩，又看了看李小白，摸了摸自己的臉，自言自語道：「我這是在哪？剛才發生了什麼……」

看著葉子近在咫尺的我，卻對我視而不見，我忍不住想開口說話。

徐斌在一邊趕緊拉住我，小聲說道：「你想嚇死她啊？你覺得她現在能看見你嗎？」

啊喲！我差點忘了，我現在是靈魂狀態，這要開口在她旁邊來上一句，估計這丫頭當場又得暈過去……咦，不對，剛才那女孩好像有看我一眼？

這時，我無意中瞄到，一道人影閃進大廈裡面。

我剛想過去看看，那女孩忽然沒頭沒腦問了李小白一句，「人都死了嗎？」

李小白「啊」了一聲，「沒都死。」

「還剩幾個了？」

「還剩咱們仨。」

「你……」那女孩瞪了他一眼，低頭對葉子說：「葉子姐，樓裡的人都……咱們算是撿回一條命。」

什麼？樓裡的都死了？

這消息太可怕了，我駭得漲大了嘴巴，不斷以目光詢問李小白。沒想到，他卻只盯著那個女孩，連看都不看我一眼，這個有異性沒人性的傢伙！

葉子像是忽然想起了什麼，神色有點驚惶道：「剛才那個追咱們的人呢？」

我在一邊下意識脫口而出，「好像剛才進大廈裡了吧。」

話一說出去，立刻就後悔了。

葉子果然驚呼一聲，轉頭四顧，「誰？是誰在說話？」

我正不知道如何是好時，那個女孩居然直接用手指我，對葉子說：「是這個傢伙，一直在旁邊盯著妳看，不過，好像沒有惡意，我就沒理他。」

果然，她能看見我！這又是個什麼角色？

我態度良好地見怪不怪，反正，這些日子我認識的人裡頭沒什麼正常人。

無奈之下，我坦白道：「葉子，是我，妳別害怕，其實我只是路過而已……」說著，緩緩在她面前顯形。

她眼睛剛一睜大，我立馬趕緊解釋道：「別怕，我不是鬼。我現在是靈魂出竅，出來溜達溜達，待會還得回去。」

葉子再次展露出強悍的精神力，這樣都沒嚇暈，一如那天在電梯裡的鎮定。她看著身體還有點透明的我，試探問道：「吳憂？是你嗎？你這是怎麼回事？」

那女孩搶著說道：「原來你們認識啊？那就行了，別在這磨嘰，有話回頭再說。快抓緊時間離開吧，這鬼地方隨時會再出狀況。」

話音剛落，只聽那大廈裡面傳來「轟」的一聲巨響，靠近我們這邊的玻璃瞬間震碎。緊接著，爆炸聲不斷炸響，數道火光隨即騰升。

空氣中彷彿被人潑了汽油，突然燃起熊熊大火。

驚變迭生，眾人都傻了，尤其是我和徐斌身上更難受得要命。火為至陽，我倆現在是至陰魂體，再不趕緊跑，就會被蒸發。

我對著葉子大喊道：「葉子，現在你們馬上離開這！這事說起來很複雜，相信我，回頭我給妳解釋。」

葉子深深看了我一眼，點點頭，拉著那女孩就往外跑，我和徐斌緊隨其後。

李小白慢了一拍，在後面喊道：「這幾個咋整啊？」

我腳不禁一頓，差點忘了地上還躺著幾位呢！

這時那個女孩自告奮勇地說：「我來吧！」說著，飛快地跑回去，掄圓巴掌，對著那三個保安，每人賞了個結結實實的大嘴巴。

這大嘴巴抽下去後，那幾個人立馬醒了過來，一看大火，嚇得什麼都顧不上，晃悠著腦袋四散。

我忽然想起什麼，心裡一沉，回頭對李小白大吼道：「你二哥他們呢？」

「啊，我二嫂今天生日，他們倆出去看午夜電影，說要在外面圓房，今晚不回來了！」李小白喊道。

我先是放下心，而後又瞪他一眼，有些抓狂地糾正他，「你個二百五，那叫開房，不是圓房……」

說話間，眾人已跑出挺遠距離，葉子她們倆上了車，我和徐斌也上了車。嘿嘿，我現在也有車了，而且交警都管不著。

李小白站在我們中間，左看看，右瞅瞅，一腦門黑線地喊道：「你們都有車有位，我咋辦啊？」

還真是，我們都跑了，這傻兄弟上哪去呢？我們這車他肯定坐不了，葉子那車他能坐，可又沒位子……

我眉頭一皺，有出主意，趕忙跟葉子說：「手機！手機借我撥個號。」

拿過手機，我撥通紀雲的號碼。

手機剛接通，這小子就火急火燎喊道：「誰啊？有事趕緊說。」

我忙說：「老紀，是我！我跟你說，我這出大事了，我借葉子手機打的，總之你趕緊上我這來一趟。」

老紀反倒大喊，「哎呀，你那能有啥大事？你趕緊上我這來一趟吧，我這也出大事了！」

我急道：「那不行啊！我這裡十萬火急，就等著你來救火呢！」

老紀不爲所動，「啥十萬火急啊，還救火？我身上可真著火了啊。」

「啥？那你在哪啊？」

老紀吼道：「我馬上就要到遠東大廈了，這裡著火，還挺大的，我說你在哪啊？喂？」

我無語地把手機放下，抬頭一看，前方紀雲那摩托車燈已經出現，這傢伙還在哪喊呢！「喂？喂？靠！說話啊你。」

這小子還真是沒事找事型的，消防車都還沒來，他人就到了。

「行了，掛上吧。」我在他面前顯形。

「我靠，你這是玩啥呢？葉子，妳也在？剛剛到底發生什麼事了？」紀雲嚇了一跳，不過很快就適應。

我聳聳肩，「我也不知道發生什麼事，反正現在有個任務交給你。你把小白帶回家，他沒地方去。我得去地府交差，晚點才回來。呃……葉子，不管發生什麼，今天都回去好好休息，有什麼事我們明天再說，好嗎？」

「小哥，你好溫柔。」李小白突然插嘴道。

「滾一邊去，沒事學什麼柳老鬼！我得走了，時辰快到了。」我瞪了他一眼，隨後帶著徐斌剛要上車，就見那個老乞丐不知從哪爬了過來。

他似乎受了很重的傷，勉強凝聚成型，朝著我伸出手，嘴裡模糊不清喊著，「帶我走，帶上我……」

我剛要伸手去拉，老乞丐的魂魄突然在我眼前停住，手無力在空中撲騰幾下，帶著不甘的眼神，慢慢消散了。

第24章 變態座談會

進了屋，只見一樓大廳裡坐了好幾個人。一眼看去，有紀雲、葉子、那個我不認識的女孩，李小白蹲在地上擺弄著什麼，一副專心致志的樣子。

我默默垂下手，一咬牙，轉身上車，這是他的命，誰都無能爲力。現在，必須要在淩晨四點之前把徐斌送回去才行。

我心裡默默想著通往地府的那條路，開著車一路狂奔。

車子靜靜行駛在幽冥迷霧中，我沉著臉沒有說話，徐斌也沒吭聲。很快來到上次的大門口，這裡也有兩個鬼卒把守，我掏出陰陽令，駛入大門內就是陰曹地府，再跑了一段路，酆都城便遙遙在望。

把徐斌送回來後，他再次被鬼卒押走，下一步就是靜等秦廣王的審判。不過，就地府這效率，不知會等到猴年馬月。

我草草跟柳無常打了個招呼，沒多聊什麼。

現在我看著這老小子的感覺，總是有點彆扭。一會上去還有個重要「任務」呢，剛才本來應該直接交代徐斌他老婆，但現在看來，得靠我去完成了。

在路上的時候我大概問了下，估計得兩千多億才能搞定，還好陰間的錢在陽間不等價，要不我上哪給他弄去呀？

看著柳無常，心裡想著這裡頭還有他那兩百億，就沒怎麼搭理他，面對著他的殷勤，也隨意「哼哼」兩聲，開著車上路回家。

返回陽間之後，我先回到書店，眼見太陽都快出來，不能總這麼飄著，得先還陽才行。

下了車後，我對著車一揮手，紙紮的桑塔納便慢慢縮成巴掌大的紙車。

我隨手放進兜裡，回到屋子裡，小床上的我還靜靜躺著。

我三兩步走過去，俯身躺了回去，下一刻，就是一陣眩暈，各種資訊和靈覺紛至，湧入我的大腦。

今天的靈魂動量有點大，醒來後腦子還是有點昏沉。

我揉了揉額頭，看看時間已經快五點，也不知道老紀小白他們怎麼樣了。這時間點我沒法出門去找他們，陰間的車也用不了，還是先睡一覺吧，一切等天大亮再說，唉，沒個手機可真不方便。

整夜折騰下來，實在太疲倦了，我翻了個身，迷迷糊糊睡著。

不知過了多久，一陣強烈的口乾舌燥令我醒了過來。

我瞇著眼睛爬起來，抓過桌子上不知放了幾天的半壺水，仰頭一飲而盡，這才覺得爽快了些。然後下意識掏出傳呼機，只見上面有一條資訊，按下「確認」後，上面幾個字顯示出來。

天亮速來我家，紀雲。

一看已經快九點，我趕緊蹦了起來，簡單收拾收拾，立刻出了門，跳上車就來到上次吃飯的大路旁。然而一下車才突然想起來，我不知道他家在哪個方向啊！讓我上哪找去？

見前面不遠剛好有個電話亭，我便加快速度往那邊走，想撥個電話問問。

不料，剛走了不遠，就聽見有人喊我的名字。我循聲望去，一個人風風火火地衝過來，邊跑邊喊。原來是紀雲的妹妹，小護士紀雨。

這個妹子許久沒見了啊！

我開心地迎上去，紀雨也朝我嘻嘻一笑，打了個招呼，眼神有些怪異地瞟了我兩眼。

哎呀，一直跟我作對的小護士，今天轉性子了？這妹子難道對我有想法？

路上一問才知道，原來她已經在這等了我兩個鐘頭。

紀雨帶著我來到附近一個封閉式的高檔社區，穿過一片大草坪後，一棟二層小別墅的門前，門口正停著紀雲的摩托車。

我忍不住暈了，怎麼一個個都這麼有錢，動不動就住別墅？真要說起來，我家也算是小別墅，只不過就一層，比較接近民房……

進了屋，只見一樓大廳裡坐了好幾個人。

一眼看去，有紀雲、葉子、那個我不認識的女孩，李小白蹲在地上擺弄什麼，一副專心致志的模樣，不知道在看什麼。

好傢伙，敢情大家都在這？

我也不客氣，一屁股塞進沙發，順手抄起一杯水灌下喉嚨，嚷嚷道：「來開個座談會，趕緊的，誰來給我說說，這都怎麼回事？我才剛出差回來呢！」

大家你看看我，我看看你，最後葉子輕輕撥動頭髮，「還是我來講吧。」

原來，早在數月前，身爲靈異雜誌社記者的葉子便發現遠東大廈的異常，立即應聘到遠東集團上班，爲的就是想打探隱藏在大廈深處的秘密。

經過一番調查後，她發現，陸陸續續死掉的幾個人裡面，有幾個共同特徵。

首先，都是每天出入電梯很多次的人，然後是經常晚上加班，並且被那個常總多次叫到十八層談話的人。

常總的名字叫做常東青，難怪李小白會說什麼腸蟲清，還真是挺像。

自然而然地，葉子便對常東青產生懷疑，對那部唯一能用的電梯產生懷疑，之前才會故意加班到很晚，想坐電梯到十八層，親自試驗一下，看會不會出現什麼靈異事件。

結果，偏偏在電梯裡碰到我和紀雲，又趕上水蛇腰也要上十八層，最後便出現之後的電梯墜落驚魂事件。

昨天晚上，為了配合葉子，她的另一個同事——實習記者胡小翠也來到這裡，卻意外發現常東青深夜駕車外出，隨後大廈裡突然發生一系列詭異事件。

先是很多值夜班的人在不知不覺中昏迷，還有的人突然渾身抽搐，然後直接死掉。她們和其他幾個保安在唯一沒有事的李小白幫助下往大廈外奔逃，卻被某人於中途截殺，情況十分危險。

幾個人好不容易逃出門外後，就全部暈倒在地上，再醒來後就看到我們。

說到這裡，葉子對我攤了攤手，意思是之後的事我都知道了。

想了想，她又向我介紹道：「哦，對了，這位就是我大學的小學妹，也是我們雜誌社新來實習的，叫胡小翠，她是……」說到這裡，她忽然停下，猶豫地看了胡小翠一眼。

胡小翠不以爲意地接話道：「沒什麼，告訴他們好了。我能看到鬼神，從小身上就有仙，就是出馬仙，懂吧？不過，你比我厲害多了，還能出竅，高手啊！」說完後，還衝我一伸大拇指。

翹著二郎腿的她，一副女土匪的風範。

好吧，我只能見怪不怪，然而心中還有許多迷惑未解，於是又看向李小白，覺得這兄弟一定有些葉子她們看不到的「東西」要講。

李小白自從我進屋後，就規規矩矩坐著，一看我瞅他，馬上跳了起來，得意說：「昨天可多虧我了！小哥，你不知道，這兩天晚上我沒怎麼睡，只想著跟外面那大傢伙玩玩。可它總不理我，結果弄得我這血一乾，就再咬手指頭……你瞅瞅這手讓我咬的！」說著又朝我伸出兩隻手。

果然，上面都傷痕累累，跟個讓人胡亂啃幾口就扔掉的雞爪子沒兩樣。我趕緊對他揮揮手，「說正事。」

李小白把手縮回，一臉不在乎地接著說：「昨天後半夜，我在屋裡挺沒意思地看他們打撲克牌，忽然聽到外面那隻大狗在叫，隨後那幾個哥們竟全昏死過去。我也不知道怎麼回事，就跑出去一看，便見到那大狗在樓裡亂跑。然後，我看她們幾個跑出來，就幫她們避開那隻大狗。然後，又來個人拿槍打她們，我硬是擋住了，腿上還挨了一槍。最後呢，我就衝上去把那人耳朵咬掉一半，然後他就跑了，她們也跑了，大狗也跑了。我沒敢出去，只好躲門後看，結果又不曉得打哪邊飄過來一個鬼，讓大狗差點吃了，然後，你們就來了。」

說完，李小白也學著葉子的樣子一攤手。

我費了點勁，才總算弄明白他的意思，一把抓住他，問道：「你挨了一槍？打到哪了？要緊不？怎麼不上醫院？」

李小白隨手指了指胳膊，「就這，擦破皮而已，倒是流挺多血，我都抹到眼睛上了，總不能浪費，是吧？嘿嘿！」

這個變態的……我挽起他的袖子，一看，果然小臂上有一處已經包紮好的傷口，挺心疼地問他，「子彈呢？這東西可不能留在裡面，很疼吧，兄弟？」

「不疼啊，子彈讓我摳出來了，這不就在這嗎？我第一次見這個東西，還玩一上午呢！」

說著，李小白把手攤開，一顆子彈果然在他掌心上放著，原來他剛才蹲地上，就是在玩子彈啊。

我沒被這子彈嚇一跳，卻被他的話嚇到，這子彈是他自己摳出來的？我靠，這樣他還不疼，難道他是變形金剛安插在地球的間諜？簡直是非人類啊，大哥！

「不……不疼？」

「是啊，我從小就不知道疼是什麼感覺，總聽人說疼啊疼的。小哥，你教教我吧，怎樣才能疼呢？」李白雙眼疑惑。

我徹底無言，原來他還有這種特異功能，果真全身上下無一不怪啊！

默默掃視滿屋子裡的人，我看來看去，覺得這屋子裡頭，都不是正常人。除了葉子差點，其他的都跟X戰警似的，雖然沒人家厲害，但也算是一屋子變態。

這時，半天沒吭聲的紀雨忽然朝李小白發難，「你說話就說話，老看著我幹什麼？討厭！」

李小白咋呼道：「誰看妳了，我瞅我小哥呢！切，臭美。」

我們幾個愣了下，看了看李小白那茫然四顧的斜楞眼，一起哈哈大笑，壓抑的心情暫時輕鬆起來。

這時，紀雲的手機忽然響起，他接起來「嗯嗯」了幾聲就掛上電話，一臉凝重地看著我們，「最新官方消息，遠東大廈今晨突發大火，估計有十三個人喪生，疑似人為引爆起火。在爆炸點有一個人被炸成碎塊，至於遠東集團董事長常東青，失蹤了。」

第25章

大老虎

這時，旁邊的紀雲和剛回到屋裡的紀雨兩兄妹再也忍不住，一起放聲大笑起來，笑得前仰後合。我急了，在屋子裡轉了一圈，順手抄起桌子上的一面鏡子，湊到跟前。

此消息一出，大廳裡頓時寂靜，雖然這事件大家親身經歷過，但此時聽起來仍感覺到毛骨悚然。

大樓裡面到底隱藏了什麼可怕的秘密？

眾人沉默好一會，紀雲咳了一下，看向小護士說：「小妹，妳把妳的研究結果跟大家說說吧。」

紀雨猶豫著，「……方便嗎？」

紀雲哼了一聲，「這裡在座的人，哪個會不方便？還不都看過電梯裡那個東西了？說吧，沒問題。」

紀雨這才放心，說道：「既然大家都是為調查這件事而走到一起，我就說一說我的發現。先前，我哥帶回一份水族鬼文，我雖然不太認識，也分析出一些門道。那鬼文上寫得很簡單，目的只有一個，縛魂。只要是長期在那架電梯出入，魂魄就會受到鬼文影響，尤其是在晚上，威力會發揮到最大。而在鬼文的輻射範圍內待的時間越久，魂魄越易受到侵蝕，慢慢會被施法的人施以各種暗示或指令，進而做出一些不可思議的事，例如自殺。」

「同時，因此死亡的人如果不是受到特殊影響，魂魄也無法離開，只能永遠在此處徘徊，成爲施法之人的工具，任其爲所欲爲。至於施法之人是誰，這麼做又有何目的，我就不得而知了。」

她略略環視了下，繼續道：「經我分析，這個東西應該是對應的。也就是說，在一個區域內，應該是有兩個相同的東西，互相對應，把中間的區域圈起來，形成一處獨特的輻射範圍。我懷疑，那個樓的頂層，應該也有一份同樣的鬼文，只是現在無法調查，大樓下面幾層都被燒得面目全非，完全封鎖起來。」

這妹子說得對呀！我鼓掌道：「這分析太牛了，這樣一來，就能解釋爆炸事件的出現，這一定是那個施法人故意這麼做的，爲的就是阻止有人調查。至於他爲什麼這麼做，我想我大概能理解。」

眾人異口同聲，「你快說啊！」

我聳聳肩，「雖然我不知道他爲什麼這麼幹，不過，有一點可以確定，這傢伙是想在那裡製造一個地獄。小白說的那隻大狗，你們也許沒看見，據我所知，那是陰間裡的一種生物，地獄的象徵，卻不知怎地被弄到陽間。好在，那個傢伙的計劃剛剛起步，就被我們破壞，一定要提防他的下一步行動。」

胡小翠點點頭說：「剛開始，我也沒有看見，後來看到已經太晚了，不知怎麼回事，然後就暈了過去。」

葉子猶疑地看著我，問道：「吳憂，紀雲一直沒解釋，你們到底是誰？」

我抓了抓頭，不知如何解釋才好，至於紀雲則在一邊裝作沒聽見的樣子，一副「她又沒問我」的表情。

這時，李小白在一旁接道：「我知道，他們都是一個邪教組織的，專門整這些鬼呀神呀，厲害得很，以後我也要加入。小哥，你要幫我介紹啊。」

我差點噴了，什麼邪教組織，這可不能亂說啊！

紀雲在一邊黑著臉道：「瞎扯什麼淡！我們那是靈異組織，國家認可的，外國也有許可證，你可別他媽出去胡說八道。」

李小白這麼一打岔，葉子還真就不問了，點了點頭，似乎已經明白。

我不知道她到底明白什麼，只要別拿我們當那個什麼功的就好……

紀雨看了看我，「那你說，下一步該怎麼打算？」

這個小護士嚴肅起來時，還真不像她。我一時無語，思索了一會，才說道：「下一步嘛，各回各家，各找各媽。現在我們之中，只有我和老紀暴露，其他人應該都很安全，你們只要保護好自己就行。至於接下來，我和老紀扛著，反正我也不怕，老紀，你呢？」

紀雲懶洋洋地窩在沙發裡，哼了一聲，「我當他是根毛。」

我一攤手，「所以，葉子和小翠都回去工作，雜誌社那頭該怎麼寫怎麼報告，那是妳們的強項。小白就回家吧，去找你二哥他們，從此跟這件事無關，明白不？」

葉子沒吭聲，低著頭在想著什麼，小翠也沒說話，這件事對於她們來講，的確已經可以結束。至於李小白，也出乎意料坐著一聲不吭。這可不是他的性格，不過，我沒多想，巴不得他聽話不闖禍。

我重申一句，「這件事就到這裡，就這樣吧。」

胡小翠先站了起來，「好吧，就這樣，葉子姐，我今天下午學校裡還有事，就不陪妳了，回頭稿子妳寫就行了……唔，好睏哦。」

說著，她跟我們說了句拜拜，打著哈欠就走了。

她經過我旁邊的時候，還悄悄瞟了我一眼，偷偷笑著走開。紀雨隨後跟出去，兩人摟著脖子，嘰嘰喳喳笑個不停，邊笑邊回頭瞅我。

奇怪，這些人今天都怎麼了，爲何這麼奇怪呢？

胡小翠一走，葉子隨後也起身告辭。她們這些記者，還真是雷厲風行的作派，說走就走，一點都不拖泥帶水。

不過，葉子走到我身旁的時候，低聲對我說：「你去照照鏡子。」說完，也抿著嘴，低笑著走出門外。

到底什麼玩意啊？讓我照鏡子幹嘛啊？我一時沒地方照鏡子，乾脆抓過李小白，問他，「我臉上怎麼了？怎麼大家都看著我臉上笑？」

李小白仔細看了看我，這才一驚一乍叫道：「哎呀，小哥，我現在才看到，誰給你畫了隻大老虎啊？」

大老虎？什麼大老虎？這時，旁邊的紀雲和剛回到屋裡的紀雨兩兄妹再也忍不住，一起放聲大笑，笑得前仰後合。

我急了，在屋子裡轉了一圈，順手拿起桌上的一面鏡子，湊到跟前。

只見我腦門上多出一個「王」字，兩邊腮幫子還各畫了幾道長長鬍鬚，額角也有兩筆尖耳朵。我這個氣呀，他媽的，誰給我臉上畫了個大老虎？

第26章 汗王金刀

紀雲說完後，在場的人都沉默了。雖然剛才說得很跩，但事實上，我們都猜不到接下來要迎接的，將是什麼樣的挑戰，是人，還是鬼怪？

我憤憤跑進衛生間，擰開水龍頭洗臉。這個缺德帶冒煙的傢伙，還用油性筆，我洗了好半天才算徹底洗乾淨，臉都搓紅了。

這肯定是胡文靜幹的，我書店的鑰匙只有他有備用的。紀雲這幾個壞傢伙，居然不告訴我！哎，想想我今天這一路上丟人可丟大了！

再次回到客廳裡，我衝他們幾個一瞪眼睛，剛要發作。

紀雲反應快，立馬朝紀雨使眼色，「對了，小妹呀，那把金刀是怎麼回事了？吳憂兄弟還等消息呢！現在沒有外人，快說。」

紀雨眼睛一轉，笑道：「金刀嘛，我當然認識，那是……」

我果然立刻就被轉移注意力，好奇地看著她。

只見紀雨從身後的櫃子裡隨手取出那把金刀，得意道：「這金刀，正是古時蒙古最有名的汗王金刀，也叫『汗王彎刀』，是蒙古部族最高權力的象徵，號令蒙古的王者之刃。最早的史料記載是在金代，金國征服蒙古部族後，當時蒙古汗王便將這把彎刀獻給金熙宗，而後金熙宗又把這金刀賜給國相粘罕，隨之東征西討，成爲粘罕的令刀。」

「粘罕死後，這把刀隨之失蹤，蒙古也陷入分裂狀態。後來，成吉思汗鐵木真崛起，滅亡金國，但這柄象徵著權力與榮耀的彎刀卻從此消失。據說，成吉思汗的傳令金刀便是仿照它的外形打造而成。數百年過去，這柄金刀始終去向不明，沒想到就在你們所發現的粘罕墓裡。種種線索，足以說明這把金刀，正是歷史上遺失的那把赫赫有名的汗王金刀。」

我聽得兩眼發直，這紀雨簡直就是歷史學家，說起金刀滔滔不絕，繪聲繪影。

我一把搶過金刀，放在手裡左右擺弄半天，問道：「真有那麼神奇？這麼牛的一把刀幹嘛放在那個棺材裡？難道它有別的作用？」

紀雲接道：「有沒有別的作用不敢說，但是有一點可以肯定，金刀一出，萬邪辟易。任它什麼妖魔鬼怪，見了這刀絕對肝顫。據傳說，死在這柄刀下的人不下數萬。你想，它是蒙古令刀，跟尙方寶劍似的，說殺誰就殺誰，跟普通的殺生刃不同，本身就帶著一種威煞。被這把刀處死的人，從生前的懼恨之念，到死後的怨憤之氣，肯定都附在這刀上，你說這把刀厲害到什麼樣的程度？」

我起身在地上踱步，邊思索著邊說道：「難道，那個常東青認出了這把刀不成？不然那天他爲啥要放咱們走呢？可是，這把刀跟他又有什麼關係？」

「答案很簡單。你想，既然那電梯裡出現的鬼書跟粘罕墓裡的幾乎一樣，這就說明兩者間必然有某種聯繫。接著，常東青又在注意到你的金刀後失蹤，甚至為了阻止我們調查，不惜火燒大廈，利用鬼獸殺人……我覺得，我們的下一步會很難走，因為我們根本不知道對手真面目是什麼。」

紀雲說完後，現場陷入沉默。雖然剛才說得很跩，但事實上，我們根本猜不到接下來迎接的，將會是什麼樣的挑戰，是人，還是鬼怪？

這時，李小白不耐煩地說話，「愛咋咋地唄，我說你們倆怎那麼磨嘰？我去找我二哥了。這一失蹤，他倆還不知急成啥樣呢！」

呵呵！我們兩個人居然還不如小白看得開。

我點了點頭，「愛咋咋地。」

紀雲也嘿嘿笑著：「對，愛咋咋地，我就喜歡咱們東北話，聽著給力！」

夜黑，霧濃。

在這月黑風高的晚上，我氣沖沖地殺到胡文靜家，讓他為我臉上的大老虎付出代價，老子今天臉丟大了！

今天夜裡很少見地起大霧，溫度有些冷。

北方的秋季就是這樣，早晚溫差大，才剛剛八點多，路上的行人已經很少。他家這破社區裡連個路燈都沒有，我只得摸著黑，深一腳淺一腳地走到他家樓下。

這個樓的門似乎一直都是壞的，不用按鈴，直接拉開門往裡走。

我猛一抬頭，門裡面赫然站著一道黑影，差點直接撞上。仔細一看，是個老太太，一身黑，面無表情地看著我。

我趕忙退開兩步，尊老嘛，讓老太太先走。

這老太太也不吭聲，面無表情地從門裡走出樓。她的動作很慢，看上去有些僵硬彆扭。

我回頭看了看她的背影，輕歎了口氣，轉身上樓。

剛走到三樓，就聽見一家屋裡傳出哭聲。

其中，哭得最凶的一個女人正聲嘶力竭喊著，「媽呀，妳咋就這麼走了啊？讓我們咋活啊……」

我頭皮一陣發麻，那老太太還真是……以後可得長記性，開門的時候不要直接往裡衝，輕輕拉開，往後退一步，看看情況再進去。要是衝撞了可不好，大家要記住啊！

說也奇怪，我在陰間的時候，一眼看去全是鬼，並沒有絲毫害怕的感覺，回到人間後，膽子反而變小了，一些身體上的生理反應無法控制，動不動就頭皮發麻、渾身發冷、疑神疑鬼。尤其是在這樣的晚上，總覺得後面有東西跟著我。

這種氣氛，讓我心裡感到不對勁，總會瞎尋思些有的沒的。看來讓人感到害怕的並不是鬼，而是自己。

我飛快跑到五樓，用力敲門，過了好一會，才聽見屋裡有反應，踢踢踏踏的拖鞋聲越來越近。

來開門的是胡文靜他爸。

這個一臉橫肉的矮胖子一見是我，立刻惡狠狠地道：「你小子總算來了，找你一天了，你給我進來。」說完，還伸手掐住我的脖子，一把把我拽到屋裡。

這是幹嘛啊？

我被拽得踉踉蹌蹌，不停喊道：「你幹啥啊叔？我是人，不是豬肉梓子啊！」

胡文靜他媽也在屋裡，似乎在抹眼淚，見到我進去之後，站了起來，不安地看著我們。

矮胖子怒氣沖沖地把我按到沙發上，指著我叫道：「說！昨天晚上你又帶我們家小靜幹啥去了？」

昨天晚上？我一時有點發懵，大腦短路片刻才想起來，立即叫屈道：「昨天晚上我壓根就沒看到小胡子！我一直在書店，九點多就睡了，一覺到今天早上。對了，你們家胡文靜還跑到我書店，見我睡著，在我臉上畫隻大老虎！我剛剛才發現，正想找他算帳呢！」

矮胖子一聽，頓時洩了勁，一屁股坐在沙發上，不吭聲了。

我揉揉被他掐得生疼的脖子，小心問道：「叔，怎麼了？胡文靜呢？」

他順手一指胡文靜那屋緊閉的房門，有氣無力道：「在屋裡呢，昨天晚上說要去找你，結果弄到很晚才回來。這不打緊，問題是回來後，他在屋裡又哭又笑，還說自己馬上就要成親了，整天都沒出屋，只在房間裡自言自語。」

我心裡大驚，正在這時，胡文靜的房間傳出一聲悠長歎息。

第27章

鬼上身

我忽地哆嗦一下，這「小弟弟」叫得可真銷魂蝕骨啊！還好這位大姐死得早，不然還不知道要禍害多少良家老爺呢，不過，這個我可幫不了她，難道還真給她找個男人成親啊？

我躡手躡腳趴在房門邊，附耳細聽。這小子還真在屋裡小聲跟人嘮嗑，隱隱還有個像女人的聲音幽幽說著什麼，聽不大真切。嘖！這小子還有這桃花鬼運？明明長得五大三粗，這位鬼姐姐怎麼就看上他呢？

我又聽一會，好像還出現低低的哭泣，看來聊得挺近乎，都互訴衷腸起來。

「這屋門能打開不？」我問胡文靜他爸。

「反鎖了，我也不敢踹門，萬一驚著了咋整？我兒子可在人家手上呢！」胡爸一臉憂愁道。

「你兒子現在不止是在人家手上，都快上人家床了……看我的。」

說完，我把手輕輕按在門上，微一運力，門「喀喇」一聲，開出一道縫，又順勢肩膀一用力撞開門，往黑乎乎的屋裡看。

意料之中，屋子裡沒開燈的，胡文靜人呆坐在床邊，臉側對著我，一副正跟人談話的姿勢。

聽見開門後，他動作機械轉過頭，怔怔看我，像不認識我似的，忽然咧嘴「嘿嘿」一笑，在特殊氣氛中，顯得極度詭異。

身後胡文靜的父母也想衝進來，我轉頭攔住，「叔嬸，您二位外面坐著，把窗戶、門都關好。記住，不要開門開窗戶，然後該幹嘛幹嘛，不會有事的。」說完，「啪」地把門關上，順手拉過一張椅子卡住門。

哼哼！我看妳這回還往哪跑？

胡文靜還在傻笑，我則運足目力，在屋內搜索半天，發現什麼都沒看到，女鬼蹤影皆無，嗯……看來問題在胡文靜身上。

我裝作不經意地到胡文靜身邊，嘿嘿笑著，然後飛快抽出手，照著他的腦袋，一巴掌甩了過去。

只聽「啪」的一聲脆響，胡文靜頭被打歪斜，卻沒吭聲，依然是那副傻乎乎的表情，直看著我笑。

我低聲喝道：「別裝了，趕緊給我出來！小心惹毛我，讓妳知道我是誰。」

胡文靜愣了下，隨即表情慢慢舒展，剎那間變得嫵媚妖冶，向我拋來一個媚眼，一隻手掩住嘴，「吃吃」笑了起來。

我登時看傻，這小子長這麼大，第一次這麼「溫柔」，還真他媽不適應。他還真白長這麼壯實，居然會讓個鬼娘們上身。

我低聲咳嗽一下，說道：「大姐，我想這應該是誤會，這樣吧，妳該走就走，我回頭正好要給人燒點紙錢，順帶妳捎上一麻袋，行嗎？」

「胡文靜」又咯咯笑著，瞟了我一眼，「門都沒有，咱三個是要結婚的。」

靠，還遇到個花癡鬼？

我語重心長地勸道：「大姐，不管妳是出於什麼原因，或者是有什麼心願未了，我都可以幫妳，但結婚肯定不行。難道說，妳真不想轉世投胎嗎？」

我容易嘛我？半夜苦口婆心地在這當談判專家。

其實，完全可以直接滅了她，我這陰陽令過去不知拘了多少惡鬼走……不過，剛才偏偏想起老趙頭的一句話。他說，這世上流浪徘徊的鬼都是可憐的，無辜的，它們並不是要去害人，它們也是受害者，能渡就不要滅，這叫功德。

果然，對方聽我一說，神情動作還真變了，緩緩低下頭。

過了一會，女鬼緩緩說道：「我十九歲時就死了，從來都沒碰過男人，唯一的心願就是想嫁個好男人，否則我心不甘。小弟弟，你能幫我嗎？」

我忽地哆嗦一下，這「小弟弟」叫得可真是銷魂蝕骨啊！還好這位大姐死得早，不然還不知道要禍害多少良家老爺。不過，這個我可幫不了她，難道還真給她找個男人成親啊？

哎，我忽然想起來，不能給她找個真男人，但是可以給她燒個紙男人啊！真是的，燒個替身，辦個冥婚，這不就結啦？

「那個，我可以幫妳辦一場冥婚，給妳燒個帥哥，想要啥類型的都可以，再燒間大房子、小汽車什麼的，加上一麻袋錢，夠不？」

我愈說，愈感覺自己像是在攛掇楊白勞賣女兒，這是赤裸裸的交易啊！

沒想到，這位鬼大姐居然答應得非常痛快，「行，不過先說好，我要像吳彥祖那麼帥的。」

我一愣，「吳彥祖是誰？」

鬼大姐撇了下嘴，「吳彥祖都不知道，連鬼都不如！不過，小弟弟你長得倒有幾分像吳彥祖哦，嘻嘻……」

這整個就是一色鬼！我趕忙道：「行了，妳趕緊出來吧，他可禁不起再折騰。」

「胡文靜」又向我拋個媚眼，輕聲道：「好吧，你可要說話算數，我的屍骨就埋在這棟樓旁邊的鍋爐房地下大概十幾米的地方。你到時候把我挖出來，再把我的吳彥祖……」

不等她說完，我抓狂道：「大姐，妳放過我吧，剛當了兩天清潔工，我可不想再當一次鍋爐工啊！」

「胡文靜」有些失望地說道：「好吧，我放過你，那就不能放過他。」說著用手輕輕撫摸著自己的臉，那表情讓人感覺就像吃了十隻蒼蠅一樣倒胃。

「我又沒說不幫妳！我是說，可以燒給妳，但不能幫你們合葬。要在這社區裡挖個十幾米的大坑，妳想這有可能嗎？妳連吳彥祖都知道，也懂得講理吧？」

「……好吧，就這樣說定了，姐姐我就委屈一點吧。」

她又習慣性撩了下頭髮，但胡文靜可沒那麼長的頭髮，這動作只能讓我覺得又多吞進一隻蒼蠅。

這畫面要是用相機拍下，估計胡文靜清醒後看到，都沒臉活了。

談好條件後，胡文靜的神情變為委頓，眼皮一個勁耷拉，隨後，一道黑影閃身飄出，胡文靜直挺挺倒了下去，人事不知。

我吐了口氣，都說救人比殺人難，其實渡鬼比滅鬼更難啊！

這件事如果完滿解決，她便可以去投胎，只要進地府，就有重新做人的機會，勝過永遠當個孤魂野鬼。

看了看我身邊飄著的這個女鬼，眉眼帶笑，神情嫵媚，還真挺好看，看來平時很注意自己形象，死了也要做個漂亮鬼。

我打開窗戶，暗暗收回剛才一直釋放在外的鬼力，然後擺擺手，「妳玩去吧，過幾天就燒給妳。」

這女鬼一聽，很高興地對我盈盈下拜，「小玉謝弟弟成全。」

咦？敢情她知道我身分？嘖，現在世道真是變了，連女鬼都不怕上司了。

「去吧。」我說道。

見女鬼轉身從窗戶飄出去，我這才放下心來。轉頭見胡文靜依舊昏迷著，便沒有動他，小心關好窗戶，走到客廳裡。

「叔，等會胡文靜醒了，就給他多喝點熱水。已經沒事了，你們別瞎想，我先回去了。」說完，我就抬腿往門口走去，都好幾天沒回家，心裡一直惦記著回家去看看老媽。

老兩口隨後送了出來，矮胖子還不太放心，不安問道：「大侄子，真沒事了？我可信你了啊！」

「您就把心放肚子裡吧，明天我會再過來。」

出了門，站在樓道裡，我苦笑了一下，明明來找胡文靜報仇的，怎麼整出這麼件事兒來呢？

胡文靜他爸還在門口那說呢，「大侄子，明天來玩啊。」

我「哎」了一聲，晃晃腦袋，往樓下走去。

剛走了兩級台階，突然聽見胡文靜家屋子裡傳來他老媽恐怖的尖叫。

「兒……兒子，你……你……」

我猛地一頓腳步，扭頭往回跑。好在門還沒關，我一把扯開門衝進去。

第28章

誰掐我脖子

我掄圓流星錘，照著她的身上狠狠抽去，渾不知會打到哪。胡文靜中招後，又是一陣哆嗦，我絲毫不給他機會，憋足勁，上前一拳重重砸在他的胸前，要說他的胸比我的大多了……

矮胖子被我撞個趔趄，隨後也跟了進來。

只見胡媽的臉色都變了，滿臉驚恐地瞪視著胡文靜的房間。我心裡疑惑，往房間裡看。

那個女鬼都走了，還能出什麼事呢？

只見胡文靜不知何時站起來，床邊窗戶大敞。他臉色鐵青，木然站在窗邊，眼神陰陰盯著我們，不斷冷笑……

直覺告訴我，這絕對不是剛才那個女色鬼。

我試探著問道：「妳是誰？」

胡文靜沒答話，仍然陰惻惻地盯著我們，忽然咧嘴一笑，隨即伸手抱住自己的頭，雙手一擰，「啈」的一下，竟把腦袋來個一百八十度大轉圈，硬是把臉擰到脖子後頭！

只見胡文靜的後腦勺上慢慢出現一張人臉，緊緊抿著嘴，眼睛裡沒有瞳孔，只有黑乎乎的兩個空窟窿，死死盯著我們。

旁邊的老兩口子哪裡見過這個？矮胖子一聲尖叫後，直接昏倒在地，他老婆倒是鎮定得多，沒有尖叫，眼睛一翻，便躺在地上吐沫。

這……應該算惡鬼了吧?

我凝神運氣,仔細觀察對方反應,心裡已經準備收拾它。

這時,胡文靜忽然動作,看似要往前撲,卻轉身往窗戶那邊竄,動作快得不可思議。我心下一震,隨即跟上去,眼看胡文靜已經攀住窗戶邊,一條腿也順勢邁了出去……

我去,這是要跳樓啊!不行,就胡文靜這身板,跳下去砸到人怎麼辦?就是砸不到人,砸到棵樹的話……別再胡琢磨了,再琢磨下去,胡文靜就成胡椒餅了,還是薄片披薩那種。

心思電閃間,我的手已經用力抓住他另一條腿。

這小子卻使出大劈叉,跨騎在窗戶上,用後腦勺子「嘿嘿」朝我一笑,要多可怕就有多可怕。

忽然間,身後寒意襲來,一隻冰涼大手「啪」地掐住我的脖子。

我剛要掙扎,另一隻手已經牢牢鎖住我的胳膊,力氣大得驚人。

仔細一看,我剛才抓著的胡文靜居然消失,隨即一個後腦勺貼在我耳邊,一道冰冷的女人聲音幽幽道:「去死吧,去死吧,陪她,去陪她啊……」

這個惡鬼居然能用幻象迷惑我，真了不起啊！

我運氣用力掙扎，身上開始冒出絲絲黑氣。沒想到，我居然沒能掙開，那胳膊就像大號老虎鉗一樣，牢牢把我夾住，令我雙手無法自由活動。

事情出乎我的意料，這到底是什麼玩意？太凶了吧！

掙扎間，掐在脖子上的手越來越用力，我的呼吸漸漸開始困難。我從小最怕的就是窒息，認定窒息而死絕對是最痛苦的死法，那種瞪著眼珠子，憋著上不來氣的滋味實在太難受了，可為啥這些鬼偏偏都愛掐人脖子呢？

換個招行不行啊？

窒息的感覺越來越強，我覺得自己腦袋都快憋出青筋，卻毫無辦法，感覺像被一條大蟒蛇纏住一樣。

就在這緊要關頭，夾住我的那隻手突然鬆開，接著輕輕放在我的肚腹部位，緩緩撫摸，並且不斷向上移動……這感覺太怪異了，而且這手冰涼徹骨，雖然隔著衣服，卻仍然讓人感覺到一股寒意。

如果這時候有人在一旁看到此種情景，肯定會一腦袋瀑布汗。

身高體寬的一個小夥子，緊緊抱著另外一名小夥子，手還在人家身上到處亂摸，而且腦袋還來個後轉，這都什麼事啊？

緊接著，掐著我脖子的那隻手鬆動，兩根冰涼的手指在我脖子上輕輕撓了一下，一個聲音笑著說：「小弟弟，姐姐來看看你壯不壯……」

咦？這不是剛才那個女色鬼嗎？怎麼回事，閒著沒事玩性格轉換？

那隻手已經摸到我的胸前，我想掙開她，又怕她突然發難，只得強忍著，等待機會到來。誰知她偏偏摸個沒完沒了，我心中大呼倒楣，這有什麼好摸的？我胸口這一大塊，比飛機場還飛機場呢！

那女色鬼在我耳邊「嘻嘻」笑個不停，還跟個發春的貓似的，嘴裡「哼哼唧唧」。這回算完了，我這一世英名，堂堂陰曹官，就這樣被個女色鬼摸了。

不料途中，變故又生，撩撥我脖子的那隻手再次用力，我嚇得「嗝」的一聲岔氣，居然又把我脖子掐住？

那個笑聲也再次變成冷笑，正在我胸前非禮我的那隻手順勢摳進我的肉裡。

喂，不帶這樣的，妳自己玩就行，別這麼玩我啊，大姐！

我也怒了，驚覺雙手能動時，一把抓住「胡文靜」的胳膊，就想使勁往下掰，不管那麼多了，胳膊要真斷了，我再給他安回去！

誰知還沒等我使勁，女鬼便「嗷」的一聲慘叫，同時鬆開雙手，一下子跳開老遠，在一旁渾身直哆嗦，好像受到什麼傷害似的。

我下意識伸手捂著胸口，心裡忽然大喜。

原來，我這脖子裡還掛著我那塊古玉，這些日子差點把它忘了，看來關鍵時刻，還是得信我姥爺呀！

我把古玉解下，拿在手裡，打算繼續當流星錘使。哼哼！娘西皮的，敢戲弄妳家陰曹官爺爺？現在妳就是叫破喉嚨也不會有人來救妳了，小鬼妞，認命吧！

呃，這麼形容有點不妥，貌似她才是反派吧……總之，我把她逼到牆角，見她果然很怕這個古玉，縮在那裡不斷後退，最後驀地一嗓子，「還不快給我滾出來？」

這回，我說話好使，女鬼畏畏縮縮說：「小弟弟，你不要嚇我，我好怕啊！」

我得意哼道：「妳終於知道我的……」

話還沒說完，胡文靜眼珠子一翻，「嗷」的一聲再次竄上來。

媽媽咪呀，這到底玩的什麼套路啊？

我掄圓流星錘，照著她的身上狠狠抽去，渾不知會打到哪。

胡文靜中招後，又是一陣哆嗦，我不再給女鬼機會，憋足勁，上前一拳重重砸在他的胸前，嗯，他的胸比我的大多了。

這一拳砸下去，胡文靜原地不動，一條黑影卻直接被我砸出胡文靜的身體裡，無聲無息撞在牆上，典型的港台鬼片橋段再現！

胡文靜跟頭小牛一樣轟然倒地，再次人事不知……呃，他這一晚上壓根就沒怎麼知人事。

我隨手掏出陰陽令，看來還是得用暴力解決問題。

一抹黑光暴閃而出，罩住女鬼。

我正要下狠手收拾了這個變態鬼時，就見這女色鬼「撲通」跪下，連聲呼道：「大人，大人饒命，小玉有眼不識泰山，知道錯了。」

我哼了一聲說：「現在知道錯，那剛才掐我脖子爲何那麼起勁呢？告訴妳，晚了！」

「剛才不是我掐你的啊！真的不是我，小玉冤枉啊。」

我納悶道：「什麼玩意？不是妳？眼睜睜看著就是妳，難道這裡還有別人？不，還有別的鬼？」

聽了我的話，這名自稱「小玉」的女鬼猛地抬頭，語氣轉成冰冰冷冷。

只聽她說：「當然不是她，是我。」

我嚇了一跳，問道：「什麼？妳不是妳？你不是她？都什麼亂七八糟的啊這是……」

下一秒，小玉又恢復哀憐的聲音，低低說道：「……她是我妹妹。」

剛說完這句話，臉上神情又變成冷冰冰，雖然模樣沒變，卻明顯看得出不是同一個鬼。

「那啥？妳們是雙胞胎？」我試探著問道。

「是的，我們倆是雙胞姐妹，現在我已經和她的魂魄合在一起，再也無法分開，所以有時候是我，有時候是她。」小玉說。

這可難辦，我一抖手，暗暗叫苦要是這樣的情況，我就是把真的吳彥祖給她找來也沒用。

這叫雙魂同體，如果要渡這樣的魂魄，就要兩個人的願望同時實現，姐姐的願望是嫁個帥哥，那妹妹呢？

我琢磨了會，問道：「那我就叫妳小玉，妳的願望是跟帥哥結婚對吧？那妳妹妹的願望知道不？我看看能不能同時幫妳們完成。」

話才剛說完，就見這個小玉的表情又變了。

冷冰冰、惡狠狠的妹妹出現，對著我大聲咆哮道：「我想讓你去死……我要殺光所有人……」

呃……我無語地摸摸鼻子，苦笑道：「小玉，妳妹妹的暴力傾向很嚴重啊，這是咋回事？對了，她叫啥？」

小玉又變回去了，有些悲傷地說道：「我妹妹叫阿嬌，她七歲的時候就死了，之後一直跟著我。她是脾氣不好，可這也不能怪她，真說起來這都是我的錯……」

接下來，小玉便跟我講述起她和妹妹的故事。

第29章

雙魂同體

聽完她們的故事，我暗歎一聲，又是一場人間悲劇，姐妹相殘，但究其根源，卻是陰差陽錯，一命死一命償，誰也怪不得誰。

按照小玉的說法，那應該是在清朝年間，只不過她自己也說不清年代，也不記得是哪個皇帝，只知道自己和妹妹是本地一處姓金的大戶人家千金。金老員外夫妻倆一生修橋鋪路、施粥齋僧，廣積善德卻無子嗣，只得一對掌上明珠，且爲雙胞，兩人前後只差幾分鐘，長到七歲上時，天真爛漫，活潑喜人。

不料就在這年，姐妹倆有一次偷偷跑出去玩，玩耍過程中，姐姐無意間推了妹妹一把，結果妹妹腳下一滑，不慎跌入枯井，就此沒了聲息。

姐姐哭喊半天無果，害怕被人責罵，便用一些荒草樹枝遮住井口，一個人跑回家裡。家人發現妹妹失蹤後，到處遍尋不著，只當小女兒被人拐帶失蹤，大哭數日後，只好認命。

然而，隱瞞真相的姐姐，卻從此開始像惡夢一般的生活。

她幾乎在每個夜晚都會夢到慘死的妹妹，無論是白日一人獨處，或是午夜惡夢驚醒後，都能感覺到妹妹就在身邊，一直跟著自己。她雖然心裡害怕，卻不敢對任何人說。

如此過了一年有餘，姐姐的惡夢越來越頻繁，甚至有時還能看見妹妹睡在自己身旁，簡直日日生不如死。

一天，一位遊方和尙恰好路過此地，姐姐悄悄前去求助，那和尙便爲姐姐留下一道靈符，囑其終生佩戴，永遠都不要拿下，否則將反受其害，引禍上身。

姐姐便將這靈符戴在頸項，沒讓任何人知道。之後，妹妹的鬼魂果真不敢接近，只能守在窗外或牆角處，恨恨盯著姐姐，卻無計可施。

時間一久，妹妹不再出現，姐姐生活恢復正常，只是終究良心不安，常常半夜暗自垂淚，卻只能在這種心境中慢慢長大。

有道是：紫陌風光好，繡閣綺羅香，月圓花好夜，醉妝伴新郎。日子一天天過去，姐姐小玉終於長大，在某個月圓花好的夜晚，迎來人生中最重要的洞房花燭。

就在兩人都微帶醉意，月朦朧鳥朦朧，郎情妾意正呢噥的時候，這位新郎官開始行使他的特權，急切地把新娘子剝成一隻小白羊，什麼內衣外衣、內褲外褲扔了滿地，其中包括那道靈符。

就在旖旎春光即將上演時，失蹤很久的鬼妹妹突然現身，先是嚇死新郎，然後又抓死新娘，活生生將新房變成停屍房。

就在妹妹爲終於報仇而歡喜若狂時，靈符忽然發威，打得她幾乎魂飛魄散，巧合地與姐姐剛離體的魂魄合而爲一，就此形成千古罕見的雙魂同體。

之後，兩人再也無法投胎轉世，即使家人之後請來大法師爲其超渡，依然沒用，姐妹倆只好日日守著故土，在世上飄蕩不知多少年。

由於姐姐死的時候正是要行好事之際，導致死後變成了個色鬼，唯一的愛好和心願就是找男人，期盼自己能真正成爲一個女人，這些年來著實迷惑過不少良家少男，可惜總是在緊要關頭被妹妹破壞。

至於妹妹，由於死的時候年紀幼小，心智不全，加上怨念積深，幾乎經常處於沒有理智的暴走狀態，唯一的念頭就是想給姐姐搗亂。也因爲這一點，姐姐才能在大部份的時間中掌握魂魄主動權。

想當然爾，只要妹妹只要一發狂，兩人便經常轉換，而我剛才，就很不幸地處於她們倆轉換的時期。

聽完她們的故事，我暗歎不已，又一場人間悲劇，姐妹相殘，但究其根源，卻是陰差陽錯，一命死一命償，誰也怪不得誰。

不過這事咋解決呢？我不由得犯了難，照這個情形看，即使幫姐姐辦冥婚也沒用，因爲妹妹一定會搞破壞，問題還是得先從妹妹入手，但她妹妹現在跟精神病患者差不多，還是個武力瘋子。

就拿剛才講故事來說，她時不時冒出來，衝我齜牙咧嘴，嚴重破壞故事的完整性和流暢性，讓我這位聽眾代入感大大降低……

心裡琢磨問題太久，我覺得手有點酸，剛才一直舉著陰陽令來著，聽故事太入迷，都忘了放下。事實上，我也不敢放開，一想起這位精神病鬼妹妹的生猛勁，我可不想再體驗一次。

啊！有主意了！

這塊陰陽令又分「攝字訣、滅字訣」兩部份，現在唯一的辦法，就是先把她收進陰陽令，不讓她們繼續在陽間爲害世人，等以後再慢慢解決她的心願。反正地府裡那麼多能人，就不信真沒辦法。

想到這，我就對小玉嚴肅說道：「妳這個問題挺難辦的，如果妳相信我，就先隨我走吧，我一定會找法子幫。」

小玉聽了黯然，「只求大人高抬貴手，小玉感激不盡，不敢求大人幫助，小玉命苦一生……」

「妳就甭說那些了。」說幹就幹，我抬起陰陽令，念動攝字訣。

過一會，小玉的魂魄便漸漸縮小、淡化，徐徐朝我手中飛近。

就在這時，妹妹的聲音突然響起，慘呼道：「放開我，我不要……」

哼，你現在就是喊「亞咩碟」都沒用了。

在一連串的「不要」聲中，小玉和阿嬌這一對冤家姐妹便被我攝入陰陽令，以後她們的生死，將只在我一念之間。

枯井、鍋爐房……我心中默念著這兩個地方，不知道是不是找到她們的屍骨，就會有機會解除這一段孽債？

這個問題下去得問問柳無常，唔……看來還真不能得罪他。

徐斌說得對，縱使一個人再壞，早晚有一天能發揮正面作用，在現實社會中，好與壞、對與錯，誰又能真正分清呢？

世界恢復清靜，胡文靜家裡安全了，

我環視一圈被我們折騰得亂七八糟的臥室，和地上昏迷不醒的胡文靜，門外還躺著胡家兩老兩口子，不禁有些頭大。

剛才這家鬧的動靜可不小，現在滿屋子人躺下，就我一個人好端端站著，要突然來個人，還不以爲我是入室強搶啊？

我決定先把胡文靜弄醒。

幸好這小子體格好，在被我澆上兩壺水，外加十多個大嘴巴後，就醒過來了。

不想他醒來後第一個反應，居然是張開雙臂來個擁抱，嘴裡還喊道：「小玉姐不要走……」

我沒好氣地直接給他一巴掌，還什麼「小玉姐姐」，全家都差點讓她那「阿嬌妹妹」弄死了，這個沒出息的玩意！

「別叫了，你小玉姐姐在鍋爐房，你要想見她，我琢磨得挖地道了。」

胡文靜一臉驚訝道：「啊？老吳？你咋在這？我剛從你店裡回來，你也沒在，回來半道上在鍋爐房那，我碰見了……咦，小玉呢？剛才她還在啊？」

看來，他的時間還停留在昨天。

我抓住他的脖領子一把拽起，然後把他拖到客廳裡，把胡叔胡嬸扶在沙發上躺下，也不理他的一驚一乍，把所有事情源源本本講了一遍。

聽完後，這小子第一個反應就是捶胸頓足，跳腳叫道：「完了完了，我的初戀啊……」頓了一下又再喊，「我的初吻啊……」

喊完，胡文靜就趴在沙發上，仍一副傷心欲絕的模樣。我樂了，「行了，總比初吻給豬強，好歹人家也是姐妹花，你小子便宜占大了。」

隨意調笑兩句，看看老兩口子快醒來，胡文靜也沒了大礙，我便起身告辭，要不等他們醒過來還得問這問那，就讓胡文靜自己去解釋吧，反正是他惹出來的禍。

第30章

酆都大帝

最裡面有張很高大的條案。條案後面的座椅上，坐著一位王者，只見他華服高冠，面容清臒，正用手扶額，微微靠坐桌案。

天黑夜深，我獨自走在大街上，望著前方星星點點的微弱燈光，忽然覺得好累。

這些天太累了，白天晚上連軸轉，一個好覺都沒睡上，我忽然覺得很不公平，憑啥它們地府裡頭的就只上兩小時班，而我就得二十四小時兩頭跑？

當陰曹官的都這麼悲催？真不知道兩界平衡跟我有個毛關係？上天是不是看誰好說話來選人的啊？

我暗暗發了半天狠，心裡琢磨著要不要辭職，就算老老實實開書店，怎麼也比幹這個沒工資、沒福利，又整天活得變態似的陰曹官強。

把這些天的經歷在腦子裡翻過一遍，最後想到遠東大廈裡十三條無辜的生命，尤其是那個不幸遭遇車禍的孩子，心又軟了。

過兩天事情穩定下來，總要給個說法，我還得再跑一趟。

日子彷彿一下子回到從前，我白天去小書店混時間，晚上回家，過著簡單無味又安逸平靜的生活。除了胡文靜每天都來找我神神秘秘地問東問西之外，還真啥事都沒有。

我倒是很佩服胡文靜的體格和粗神經，貌似從來沒遇見過被鬼上身後，還能這麼生龍活虎的人。按理說，就算他沒大病一場，起碼也要精神萎靡，在床上躺個三五天，相比之下，我這去一次陰間回來就跟在工地搬一天磚似地疲累，真是慚愧。

這樣的日子僅僅過了三天，派出所便發來判決通知書。

我拿過來略略掃了幾眼，就知道是個好消息。

通知書的內容大概意思是，最終定爲交通意外事故，由於此起交通案件，係受害人主觀意識判斷錯誤引起，且受害人應屬未成年兒童，監護人負有主要責任，肇事司機吊銷駕駛執照，拘留一個月，無須民事賠償。

天，這簡直就是放水啊！

看著這份判決書，我的心裡都有點發虛，這樣做，真的合適嗎？這算不算也是以權謀私、官官相護？雖然我這官跟他們的官不同，不過畢竟是走了「後門」呀……

糾結好半天，我才終於反應過來，這明明是鬼魂作怪，不是我老爸的責任啊！

這麼一想，我心裡舒坦多了，但到底還是有一分歉疚。我決定了，無論如何也要找到那孩子的魂魄，讓他早日投胎，重新做人。

一塊石頭落地，我總算踏實下來，這幾天總是惦記著遠東大廈那邊的情況，老紀他們也沒消息，不知道這幾天在幹嘛。

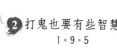

又過兩天，我忍不住，獨自來到大道，在遠東大廈附近轉悠好半天，結果卻一點陰氣都沒有，乾淨得就如同剛清掃過的教室，不但沒有陰氣、沒有鬼魂，連那隻地獄通靈犬也不知道哪去了。

我站在大廈門外巴望半天，什麼也沒看出來。

那天的一把火不小，現在大樓正在停業整頓，一名面目陌生的保安抱著電擊棍在門口打瞌睡，看來是又換了一批，難道常東青人回來了？那李小白去哪了呢？回家？不知怎的，我還真有點惦記這孩子。

沒有找到小孩魂魄，我只好鬱悶地打車回家。

出租司機是個小夥子，還挺能侃的，我倆一路神聊，不知不覺就到了家。下車時，我一翻兜，錢不夠，一共十八塊，可我兜裡只有十六，還差兩塊，登時傻了眼。陰曹官打車也不能欠人家錢啊，我急得抓耳撓腮，又不好意思跑回家去管我媽要，這麼晚才回家，我要敢吱聲，不挨揍也得挨罵。

幸好，司機還挺夠意思，一看我囊中羞澀，從剛才我給的錢裡頭抽出一張一塊，笑眯眯地遞給我，說道：「兄弟，別找了，誰都有忘了帶錢的時候，我收你十五就得了。」

我說：「那不行，這麼晚你做生意不容易，你等我一會，我這就回家取錢。」

這哥們笑著說：「你還陪我嘮嗑呢，就當花三塊錢的話費，趕緊回家吧。」

我真的感動了，咱東北爺們就是講究，個性怎樣先不說，起碼能讓人心裡熱乎，不差錢不差事，一句話，就是夠意思。

揮著手送走開車的小哥，又一個大難題浮出水面。我渾身上下就剩一塊錢。陰曹官也得吃飯啊！陰曹官也得坐車啊！陰曹官坐車也得給錢啊！我一邊憤憤地想，一邊往家走。

回到家後，我悄悄進屋，把門鎖死往床上一躺，直接靈魂放空，就奔地府而去，老子要工錢去！

我才剛到地府，視線還沒適應過來，就聽見柳無常興沖沖的聲音響起。

「大人，您來得正好，我這剛要派人去接您，好事，好事到了啊。」

我睜開眼睛看了看樂呵呵的他，心裡那股氣不知怎地就沒了。

人都說伸手不打笑臉人，何況他一直幫我不少忙，唔，兩百億就兩百億吧，對於我來說不就是冥紙，他當鬼也不容易。

「什麼好事啊？老柳。」我也笑眯眯地回道。

「帝君要接見你啊，剛剛才來的通知。這可是個好機會，大人，您要是發達了，可別忘了小柳啊。」

我一暈，還小柳，你個臭不要臉的老鬼。

「是哪位帝君啊？找我什麼事？」我問。

「就是酆都大帝，掌管這酆都城的帝君，至於什麼事……這倒沒說，不過，肯定跟您上次的提案有關，趕早不趕晚，咱們這就快去吧。」

這個正合我意，正想找個管事的要工資！

我點點頭表示同意，旁邊立刻多出一輛奧迪。

柳無常一躬身說：「大人請，這是帝君特地派來迎接您的車。」

檔次就是不一樣，奧迪耶，我還沒坐過這麼高檔的車呢！

我滿意地坐了上去，柳無常隨後也上了車，笑笑道：「我給大人引路。」

開車的是個儀表堂堂的小夥子，端坐在駕駛位，看都沒看我一眼，臉上沒有一絲表情變化，看上去很是職業。估計生前就是給領導開小車的吧？夠專業！

車子開動，無聲無息地開往內城，一路上沒有什麼鬼魂遊蕩，只偶爾出現幾名巡邏的鬼卒，見到我們後，一律自動立正敬禮，感覺還真有點首長出巡的意思。

途中我想起個問題，悄悄問柳無常道：「這酆都大帝好像不在十殿閻君之內，到底是個什麼職位？」

柳無常附我耳邊悄聲說了幾個字，「酆都城，就是冥界首都。」

原來如此，那這酆都大帝的官位，豈不是大得嚇人？

前面廣場中出現一座宮殿，古樸莊嚴、飛簷串角，高高的台階兩旁有持戟鬼卒侍立。這宮殿雖不是很大，卻自有一股厚重的威嚴，讓人不由心生敬畏。

我們在宮殿外下車，柳無常帶領我拾階往上。

不知怎的，我這心裡有點緊張，這回見的可是個大官，還沒有啥心理準備呢！一會見面說什麼？總不能開口就討工資吧？

忽然間，我又想起個重要問題，陰間的工資，我能花嗎？

到了宮殿門口，柳無常站住腳步，垂手立於一旁，示意我一個人進去。

這個很好明白，他級別不夠，自然不能隨便進去。要是在古代，這個什麼帝君的，最低也是個王爺級別的吧？

這時，不知從哪蹦出來個鬼吏，「嗷」地喊了一嗓子，「第六司陰曹官吳憂覲見。」這幾個字喊得尖細悠長，嗓音跟太監似的，形式搞得還挺正規。

我抬腳往裡面走去，邊走邊四下打量。

這宮殿裡面其實很空曠，什麼擺設都沒有，左右各有八根巨柱，上面雕的都是一些天宮彩障、瑤池仙境的場景，最裡面有張很高大的條案。

條案後面的座椅上，坐著一位王者，只見他華服高冠，面容清癯，正用手扶額，微微靠坐桌案。

我有點詫異，以前一直認爲地府裡面應該處處陰森恐怖，既然是酆都大帝的宮殿，怎麼也得弄點嚇人的玩意。柱子上要是沒有點地獄景象，如抽筋剝皮、油鍋火海的，對不起廣大觀眾啊！

沒想到，這個宮殿裡竟只是簡樸又華麗，讓我一時間覺得這裡似乎不像地府，而是仙界。

我穩穩走到條案前，見那人沒有動，便學著柳無常的樣子躬身施禮，清了清嗓子，帶著一絲戲謔的心情喊道：「拜見帝君。」

那人緩緩正襟危坐，垂眼看了看我，開口說道：「底下可是吳官？」

這不是廢話嗎?我忙回道:「正是,帝君叫我來有啥事?」

邊說著話,我偷偷抬眼往上打量,這位酆都大帝竟然英俊得很,和我心目中兇惡的鬼王形象反差極大,只見他面白無鬚、劍眉星目,看上去如同三十出頭,仔細看又好像年過中旬,讓人無法猜度。

這位帝君袍袖一展,雙手扶案,聲音帶著一絲空靈,緩緩道:「近來聞你頗有才幹,所提意見甚好,雖驚絕駭俗,卻也巧妙無比。不過,此事甚大,容後眾議,今日召你來,乃是因另一樁奇案,想請你共同商榷決議,以正其典。」

我了個去,這幾句話聽得太累,便撓了撓頭,吭哧吭哧道:「那個,帝君哪!不是我多事,咱用普通話交流成不?要不我實在聽不太懂,再去找個翻譯來的話,您說多費勁啊?」

酆都大帝表情怪異地看了看我,皺了皺眉,有些無奈道:「其實吧,是這麼件事兒……」

第31章

西獄的難題

沒想到，陰間竟閉塞至此，東西兩獄居然對著一個好幾年前已經結案的案件糾結不已。那位跳樓的仁兄也夠鬱悶的了，陽間審完陰間審，死了都不讓消停。

聽他一說，我才明白這話的確有點長。

自盤古開天闢地以來，清氣上升爲天，濁氣下降爲地，天有仙神，地有幽冥。而這天和地又是分界而治，天上有天庭、佛土、教廷三個勢力，而幽冥界又分爲東獄和西獄。

天上的事咱們不去管，單說幽冥界。這東獄西獄，實際上就是東方、西方之分，東獄有十殿閻君，分掌各大洲地獄及各方輪迴；西獄則有十大魔神，跟東獄一樣各司其職、各守其界。

東西兩獄原本只有相通，業務卻不相往來，不知哪年哪日，雙方領導者忽然達成一項奇怪約定。每隔一百年，雙方要舉行一次高層集會，除了正常的交流溝通之外，雙方要各出三道難題，要求是這百年中最離奇最難以判決的案子，由對方予以判議，再雙方合議，最後共同定案。

說白了，這就是一個互相刁難的比賽，當然也可以認爲是雙方經驗交流。但如果有一方無法判議，無疑表露出自己這邊人才的無能；如果判錯了，又難免會授人笑柄。由於東西雙方的文化歷史背景不同，加上思想觀念的差異，所以這百年一次的集會，往往淪爲雙方打口水戰的陣地，雙方各執一詞，都認爲自己對，好幾百年下來，雙方共同認可的案子根本少得可憐。

今年恰好又是百年之交，西獄那邊丟出三個難題，其中兩個已經解決，只有一個案子，徹底難住東獄地府裡的大佬們。於是，帝君抱著死馬當活馬醫的態度，把新上任的我找了過來。

聽完這段話，我忽然有種扯蛋的感覺。這不是沒事找事嗎？在古代，中國女人敢露著胳膊大腿上街就算傷風敗俗、行爲放蕩，而在西方，那是種被讚揚的女性的優美。這麼大的觀念差異，不打口水戰才怪！

我哼哼兩聲，說道：「您說說這個難題是怎麼回事吧。」

酆都帝君微歎口氣，說道：「在美國有這麼一個人，跳樓自殺的時候，被人開槍打死了……」

他似乎很久沒說過這麼多的話，閉目沉思片刻，乾脆對我一拂袖，一道黑光在我手上一閃，接著憑空出現一本簿冊。這冊子的封面並沒有字，我隨手翻開，裡面記述的正是西獄的那個無法判決的難題。

這個案子是一九九四年在美國紐約所發生的，曾被稱爲最離奇、最難以判決的案件。

有一位青年男子從一幢十層樓高的建築頂部跳下自殺，不料，當他跳樓後身子經過第九層樓前時，一顆子彈從窗戶裡射出，將他當場打死。

警方經過調查，發現死者和開槍的人都不知道的一個意外。

當時八樓正在施工，工人們在那裡剛裝了一張安全網，也就是說，這個青年如果不是被槍擊而亡，他的自殺計劃根本不能如願。

沒想到，在警方對九樓射出的子彈進行調查後，案子性質又有了變化。

九樓是一對老夫妻發生口角，正在吵架，老先生拿出一把槍恐嚇老太太，後來扣動扳機，但子彈沒有打中老太太，從窗戶飛出去，正巧擊中跳樓中的青年。

根據法律，一個人如果想殺甲，卻錯殺了乙，便應該判這人對乙犯了殺人罪。因此，此案應該是一樁兇殺案。

然而，老先生面臨殺人罪的指控時，老先生和老太太卻一致表示，他們都以爲槍裡面沒有子彈。

老先生解釋說，用沒有裝子彈的槍恐嚇老太太，是他多年以來與老伴爭吵時的一貫做法，並沒有殺害老伴的意圖。

如果兩老的話屬實，那麼這就是一起誤殺案。

問題的關鍵在於，子彈是在什麼樣情況下，由什麼人裝進去的？

警方在調查中找到一名證人，這名證人證實案發兩個月前，親眼看到老夫妻的兒子在這把槍裡面裝進子彈。原來，由於老太太決定停止給成年的兒子經濟支持，這個兒子懷恨在心，知道他的父親有用槍恐嚇老太太的習慣，所以在槍裡裝上子彈，希望借父親之手殺了母親。

既然這個兒子明知裝子彈會有什麼樣的後果，即使沒有親自扣動扳機，也應該被指控犯下殺人罪。換句話說，此案成了老夫妻的兒子對那位跳樓青年犯下故意殺人罪。

不成想劇情峰迴路轉，警方最後發現，這對老夫妻的兒子其實就是那名跳樓的死者。由於他借刀殺人之計一直沒有得逞，心生沮喪，於是，在一九九四年某一天決定從十層高的樓頂跳樓自殺，然後被從九樓窗戶射出的子彈打死。

看到這裡，案件的介紹結束。

我帶著疑惑的表情看著酆都帝君。

他輕輕收回書冊，皺了下眉說：「現在的難點就是，到底該怎麼判決這個案子，是自殺，或是誤殺，還是兇殺？」

「那西獄那邊是怎麼個看法呢？」我問道。

「西獄的看法，是誤殺，因爲造成他最終死因的是那顆子彈。可是我們這邊很多人認爲，他還是自殺，因爲如果他不從樓上跳下去，也不會造成後面的結果。於是，雙方就又有了分歧，現在我想聽聽你的意見，因爲你是現今地府裡面最年輕，最接近現實法制社會的官員。」酆都帝君無奈道。

我一本正經道：「其實很簡單，嚴格看來他是屬於自殺，儘管最終死因是因爲誤殺，但歸根結底，他是因爲謀殺別人未遂，結果自殺時湊巧謀殺條件生效，誤殺自己。所以無論是自殺、誤殺還是謀殺，哪一種說法都可以說對，也可以說不對。」

「然而，我們要糾結的，不是他是如何死的，而是他死得應不應該，過程是否有冤屈，是否有因果，再根據他的因果定案。」

「哦？」酆都帝君聽到我的話後，訝異地看著我，隨後起身，四處踱起步來。

轉悠了好一會，他才猛一轉身，笑道：「好呀，這個分析全面且正確。仔細想來，果然是這個道理，是我們的思想太偏執了。這次西獄一定無話可說，哈哈哈，吳官果真聰明過人、睿智非凡，好！」

我忍笑躬身道：「下官就隨便一說，對不對還不一定，帝君謬讚。」其實，心裡邊都樂開花了。

這算什麼疑難案件呀？上高中的時候就在書上看過了。忘了是什麼書，反正不是故事會就是讀者意林之類的雜誌，人家社會學家和警局早就定案。這屬於多種因素同時引發的離奇自殺案，但是誰都沒有罪，死者純屬自作自受，而且他的為人也的確該死。

沒想到，陰間竟閉塞至此，東西兩獄居然對著一個好幾年前已經結案的案件糾結不已。

不過，想想也是，他們辦事的效率就這樣，雖然過去好幾年，但說不定這案子這幾天剛剛開始審理。那位跳樓的仁兄也夠鬱悶的了，陽間審完陰間審，死了都不讓消停。

這時，酆都帝君定定看著我，就跟看著一件什麼寶貝似的，眼睛裡閃過一絲得意的光，拍了拍我肩膀說：「十殿閻君皆為此事憂惱，不想卻被你一語道破，吳老弟有如此才能，日後前途不可限量。我看，你也不要再叫我帝君，不如就以兄弟相

第32章

陰市

所謂陰市就是陰間地府和陽間連接的地帶，所有鬼魂離體後都要先到陰市報到，並且領取鬼心，之後才有資格進入酆都城。

我受寵若驚，連大氣都不敢喘了，光張嘴瞪眼地呆在原地，整個人傻了。

「帝……帝……」我「帝」了半天，磕磕巴巴不知說啥好。

「別叫帝君，叫哥吧。」他倒是很隨意。

「帝……帝……哥？帝哥？」這稱呼真彆扭，怎麼聽怎麼像開出租車的。

「帝哥，我……」我緩了口氣，覺得說話能接上氣，這才接著說道：「帝哥，您這太看得起我了，我怕承受不起呀！再說，我對地府裡的事也不太懂，就連月薪多少都還不知道呢！」

哼哼！我可找到機會提工資了。

「月薪？月薪是啥玩意？」

我暈，連月薪都不懂？「那個，就是工資，嘿嘿……」我訕笑著回答。

「哦……」他恍然道：「你指的是月俸吧？這個沒有。」

「沒有？」我慘叫道：「白幹？好歹總得給個夜班補助、交通補助之類的吧？」

「這個也沒有，以前規矩就這麼定的，再說，地府裡面的銀鈔你也用不了。」

我哭的心都有了，敢情還真是白幹。

「那……」我不甘心地繼續問道：「有沒有什麼寶貝？聚寶盆之類的，我往裡扔一百塊，以後就能每天都變出一百塊來，要不……五十、十塊的也行啊！」

酆都大帝嘿嘿笑道：「這個更沒有，你說的這玩意我根本沒見過。其實，你當陰曹官的好處只有一個，就是爲下輩子積功德。」

我無語道：「帝哥，這輩子都快吃不上飯了，還累積什麼毛功德啊？過幾天等我餓死，就直接下輩子了……」

「那不成，你要真餓死了，也不用去投胎，直接留在酆都城吧，這樣就能開工資了。」說完，他「嘿嘿」笑著搓手，一副「地府歡迎你」的樣子。

我登時沒招可想，這個人模狗樣的大帝君，居然也會耍無賴，

「那，這樣吧，你幫我找個小孩的魂魄。」我無奈地提起另一件事。

酆都大帝很是爽快地應道：「這個簡單，你告訴我那小孩的姓名年齡，以及何年何月何日何時死亡。」

「不知道。」

「啊？那你告訴我那小孩的生辰八字也行。」

「這個更不知道……」

酆都大帝一攤手，「那叫我上哪找去啊？」

最後，我只能跟他說了那個小孩的死亡日期和地點，還有那個遠東大廈發生的事。那天爆炸還死了十三個人，難得有跟高層接近的機會，尤其現在他都是我帝哥了，不用白不用啊！

聽了消息後，酆都帝君很是吃驚，皺著眉沉思好半晌。

我又一番添油加醋，說那地獄通靈犬是如何殘暴，如何禍害蒼生，短短幾天裡，就殺死十幾個人，這樣下去，勢必釀成大禍，到時候地府也難收拾。

最後，酆都大帝終於點頭，同意知會其他閻君，一起商量辦法，但也只能針對那隻鬼獸。至於常東青和他背後的陰謀，則要由我解決，畢竟那不屬於地府的直接管轄範疇。

說白了，陰曹官就是幹這個的，維持陰陽兩界平衡。

酆都帝君直接叫人查新入地府的鬼魂，卻發現那個小孩和那十三個人沒有來酆都城。也就是說，它們魂魄很可能還在陰市等報到，或者在陽世遊蕩。

先解釋一下，所謂陰市，就是陰間地府和陽間連接的地帶，所有鬼魂離體後，都要先到陰市報到，並且領取鬼心，之後才有資格進入酆都城，正式成爲幽冥鬼界的一員。

而在陰市的鬼魂，如果沒有領取鬼心，理論上來說，都有還陽的可能。傳說中那些會「過陰」的陰陽先生，指的就是能夠來到陰市，至於真正的酆都城，即使道行再高的陰陽先生也不可能進入，因爲只要一入酆都城，就再也無法還陽，從此真正變成鬼。

所以，在酆都城一番查找沒有什麼線索後，帝哥又發話了，「你去陰市找找吧，說不定還沒有來酆都城呢！」

我一想也是，可怎麼去陰市呢？

帝哥見我一臉茫然，指點道：「跟著從陰市來酆都城的火車返程就可以。」

基本上，從陰市開往酆都城的火車都是單程的，只有押解的鬼差才能在兩站間往返。我的身分雖然還不足以在冥界暢行無阻，但我是誰啊？酆都大帝可是我哥！

於是，我拿著帝哥給的權杖，在幾名鬼差帶領下，堂堂走出酆都城的內城，來到外城的火車站。

等了一會兒，才見灰濛濛的煙霧中緩緩駛近一列黑色火車，無聲無息地在鐵軌上移動。火車上方還冒著濃濃黑煙，跟早年那種燒煤的老式火車一模一樣。

到了近前，火車緩緩停住，很多鬼魂開始從裡面井然有序地排隊下車。

火車站的幾個鬼差手執鐵鞭，吆喝著把它們歸攏成一隊一隊，然後按這些鬼頭頂的顏色分配——紅白色的光環去西城，那就是善魂；黑黃色的一律去東城，那是惡魂。

顯而易見，東城隊伍那裡浩浩蕩蕩一大堆人，能去西城的鬼少得可憐，只有三五個，看來好人果然越來越少。

最後那些鬼魂都被帶走，火車上只剩兩名奇形怪狀的鬼差，一個極胖，一個極瘦。我們這邊派人過去，跟那倆鬼差交涉幾句，然後就回來通知我，可以去陰市，但今天只有這一趟火車，要是還想坐火車回酆都城，得等到明天。

交代完一些事項後，鬼差們就回去了。

就這樣，我跳上往陰市跑的火車，那倆鬼差也沒理我，看來不是一個路上的。我也不管它們，更懶得問它們叫啥，隨便起了外號，一個胖乎乎，一個瘦高高，還挺生動的。

就這麼又待了一會，火車便徐徐開動，沿途沒啥風景，我索性閉目養神，反正也沒人跟我說話。

晃晃悠悠過了不知多久，火車終於停下。不知哪裡傳來一聲悠長鐘聲，我睜開眼睛一看，嘿，抵達一個新的小城市。

這地方比酆都城可小得太多，大概就跟個小鎮差不多。

出了火車站，前面是一條不怎麼寬的街道，一棟二層小樓佇立在火車站旁，上面還有個巨大的鐘樓，剛才那鐘聲應該就是從這裡發出的。小樓本身斑斑駁駁，明顯已經經過很久的歲月，古老得像是我姥爺家附近那座破敗不堪的土地廟。

小樓上方，是一塊半舊的匾額，歪斜地寫著三個字「半步多」。

嗯……傳說中的半步多客棧，看來是這裡沒錯！

我看著半步多客棧門口不停進進出出的鬼魂，暗暗感歎，隨後邁步走進去。

客棧裡面是一排像古代當鋪的高櫃檯，鬼魂排著隊等在櫃檯前，一個個目光呆滯、表情木楞，等領到屬於自己的鬼心後，自動塞進身體裡，然後臉上隨即出現一絲光亮，眼神也漸漸有了神采。

接下來，它們離開半步多客棧，在這陰市裡隨意走動，當隔天汽笛響起，火車再次開動前，便依序上車，前往酆都城報到。

我沒有多耽擱，直接找上在半步多客棧裡的辦事鬼差，把權杖拿出來，同時說明來意。

這權杖是酆都大帝給的，比我那個陰陽令管用多了。

當下這鬼差不敢怠慢，立刻翻閱起近期所有鬼心發放記錄，和陰市的入境記錄，行動那是一整個認真。

結果大出我所望，這裡居然也沒有那名小孩的記錄，再找那十三個人，也沒有。也就是說，它們的魂魄都沒有去酆都城，也沒有來陰市。

我暗歎一口氣，這回可不好辦，難道說，它們已經被那個地獄通靈犬吞了？

第33章 徇私

但凡來到這半步多的，基本都是死了九成九的人，所謂閻王要你三更死，誰敢留你到五更？我現在要幫他還陽，就得跟閻王爺對著幹了。

我在半步多客棧裡一邊思索心事，一邊來回踱步，尋找靈感。

那些鬼差知道我身分特殊，也沒人來管。

客棧裡的鬼魂依然進進出出，我轉悠幾圈，想不出個所以然，索性改看這些鬼魂解悶，反正今天走不掉，就權當陰市一夜遊吧。

過了一會，門口走進一個老頭，垂頭喪氣地低著頭。

咦？看上去似乎有些面熟……我下意識多看幾眼，忽然嚇了一大跳，這個人我居然認識！

沒想到，在陰市半步多客棧裡面，我會無意中看見熟人，誰啊？

我十姥爺！

前面提過我十姥爺，各位看官還記得不？

我來提個醒，他家有條大黑狗叫黑子，就是我小時候和姥爺一起幫助狗妖投胎那家。

不過，這不可能啊！我這位十姥爺屬於典型的人小輩大，實際年齡還不到五十，比我媽大不了多少。雖說為人喝大酒耍大錢，酒一進肚就不是人，打小罵老的，渾不管親戚鄰居，在十里八村著實名聲不怎樣，但至少對我們這些孩子不錯，而且身體挺好，怎麼就一命嗚呼了？

我緩緩走了過去，遲疑著喊道，「十姥爺？是你嗎？」

這小老頭兒沒精打采地抬頭，看到我，表情立刻變得很驚訝，撲上來一把抓住我，激動道：「二小，你……你咋也來了？出啥事了？」

呃，那什麼，我小名叫二小，因在我們家族大排行裡面行二，不過自從某年春晚後我就不喜歡這個名了，大家總是管我叫吳老二，沒事還起鬨，讓我學個腦血栓後遺症……

我趕緊把十姥爺拽出半步多大門，找個沒人的地方，對他說：「十姥爺，你低調點，你外孫子我現在是陰陽先生，正過陰辦事呢！你又是怎麼回事？沒聽說你有病啊？」

他一耷拉腦袋，委屈道：「我也不知怎回事，本來還在上邊喝酒，誰知迷迷糊糊間來了兩個人，說要帶我走。我也就稀裡糊塗跟他們走了，結果竟一直走到這兒。我跟人一打聽才知道，這是他媽的陰間啊！你說，我這是到壽了？可我他媽的今年才剛四十八啊！人生怎這麼短？對了，二小，你現在這麼有本事，能不能想個辦法，救救十姥爺啊？」

我當下示意他別吵，然後冷靜分析，雖然他現在到陰市，但思維和意識狀態都跟正常人無異，說話也流利，說明陽間的他並沒徹底死透，還沒斷氣。

如果要是一個人死透，那他的靈魂就會失去大部份的軀體自主意識，變成表情木楞的鬼魂。

既然十姥爺還沒真正死亡，那就有還陽的希望，如果剛才他已經進半步多裡領過鬼心，那就神仙難救。

我刻意吩咐他說：「十姥爺，你就在這裡等我，千萬別再進那個小樓。那是發鬼心的地方，一旦領了就只能做鬼，我先回去問問情況，再幫你想辦法。記住，千萬別去領鬼心啊！」

「可……可那地方總敲鐘，我一聽見鐘聲就心裡發慌，就想過去啊！」十姥爺邊說，同時指向半步多樓上的鐘樓。

這倒有點難辦，那可是傳說中的喪鐘，召喚亡靈的威力極大，而且每半個時辰就會敲響一次，這麼短時間裡我可辦不了什麼事……

想了想，我想出個主意，順手從衣服撕下兩塊布，再揉成團，給他塞進耳朵裡。

可是，他一個勁搖頭，「不行不行，那玩意是在心裡敲響的，堵耳朵根本不管用的。」

我皺了眉，這鐘聲能在心裡響起，該怎麼辦呢？

琢磨半天，我把陰陽令拿出來，隨手召出一團黑氣，包住他的心臟部位，然後問他，「這回怎麼樣？」

「咦，這回沒聲，心裡也踏實多了，沒發慌……好，那十姥爺就在這等你啊，二小子。這回可多虧你，十姥爺這條命在你手上了，我上頭還有一大家子人呢！」

說著，他還流下幾滴眼淚。

唉，但凡有點希望，誰都不想死，一提到生死，平時再惡的人也有人性流露的時候。

我把十姥爺安排好了，正想轉身去找個鬼差問清情況時，又覺得不對。

要知道，但凡來到這半步多的，基本都是死了九成九的人，所謂閻王要你三更死，誰敢留你到五更？我現在要幫他還陽，就得跟閻王爺對著幹了。

看來，這件事得保密，這可是徇私行爲。想起以前趙陽陽和我姥爺都說陰曹官不得徇私，看來我是犯錯誤了，不過也沒辦法，總不能眼睜睜放著著不管，再說十姥爺又沒死透。

我在街上怔怔發了半天呆，忽然又想起大問題，今天我回不去啊，怎麼辦事？這個陰市是個很特殊的地方，由於這裡屬陰間和陽間的連接通道，屬魚龍混雜之處，各方高人匯聚之地，爲了避免發生任何意外及爭端，確實維持陰市秩序，設置了一層結界。除了在陰市有正式職守的鬼差，其他任何鬼差鬼吏，或陽間過陰的高人，法力在這裡都會大幅度減弱。這當然也包括我，在陰市裡面的我，無法直接使用法力回到陽間，只能乖乖跟著火車返回酆都城，才能再回到陽間。

我可沒那工夫等明天，立刻返身走回半步多客棧，找到剛才幫我查記錄的鬼差，跟它說有急事要返回陽間，有什麼特殊辦法沒有。

這鬼差想了下，有點犯難地跟我說：「大人，這個有點不好辦，要是坐火車回酆都城，就只能等明天，那倆開火車的肯定沒得商量。那哥倆可牛得很，自從有了這半步多，就在負責往來運輸，剛開始的時候沒有火車，只能走路押解，後來有了馬車，再後來有了火車……簡直比在場所有鬼還老。它們仗著資格老，從來不把我們這些後來的放在眼裡，要是找它們，肯定沒商量。再說，現在它們倆指不定去哪了，估計不在車上。而且，酆都帝君給您的那權杖是一次性的，我已經按照權杖指示幫您辦過一次事，不能再用。走還魂路也不行，因爲在陽間沒有給您引路的人……

唉！這事辦不了啊。」

聽它廢了半天話，最後給我整出個結論「辦不了」？辦不了早說啊！

我悻悻道了個謝，回到火車站那裡想碰碰運氣，結果胖乎乎和瘦高高還真不在。我徹底沒轍，只得坐在火車上等，反正它們早晚得回來。

我等了大約兩個時辰，在喪鐘敲響四次後，它們回來了，後邊跟了一大群剛領鬼心的新死之鬼，排著隊「呼呼啦啦」地上了火車。

汽笛聲再次響起，居然開車了！

眼見發展出乎預料，我好奇地湊上去問胖乎乎，「不是說明天開車嗎？怎麼才這麼快就開了？」

胖乎乎看了我一眼，眼神跟瞅白癡似的，告訴我道：「一天一趟車指的是平時，最近地上鬧災，又洪水又地震的，死人太多，特別加開班次，要不這陰市裡早就鬼滿爲患了。」

不管怎麼回事，反正是開車了，我晃晃悠悠地坐著火車回到酆都城，然後跟柳無常打過招呼，直接回到陽間。

第34章

下鄉

我們在村口停下了車，葉子跑上去打聽消息，可連問了幾個人，人人都神色怪異，猛擺手說不知道，想再多問什麼，立刻扭頭就跑。

醒了之後一看，太陽早升得老高，再一看床邊還坐著兩人，一個是老紀，一個居然是葉子。

我翻身爬起來，驚訝地問他們怎麼找到我家。

老紀聳聳肩沒吭聲，葉子則語氣焦急地對我說：「吳憂，你可醒了！這兩天有個地方發生怪事，我要去那採訪。可紀雲說怕有危險，讓我來找你，你有時間陪我一起去嗎？」

葉子身上還是穿著上次那件風衣，牛仔褲下面是兩條修長秀腿，長髮披肩，五官精緻，胸前鼓溜溜的，嗯，這個好看……咳嗯，走神了，走神了。

我忙問葉子，「那個，出什麼怪事了？」

葉子語氣凝重道：「在東風鎮下面有個光明村，前兩天那裡有個小孩出生，但是據說這孩子生下來就長了一對狗耳朵，眼睛通紅，總吐著舌頭喘氣。這事傳得挺快，昨天我們主編剛接到線索就安排我去。怎麼樣，你有時間嗎？」

光明村？我十姥爺剛好也在那村子住。原本他跟我姥爺是一個村的，不過因爲得罪的人太多，好幾年前就搬到比較遠的光明村去了。怎麼這麼巧呢？我正要去他們村一趟，這下就有做伴的人來了。

我扯開被子，「蹭」地一下站起，「好啊，一起去！說實話，我正好有事要去那裡一趟。太巧了，老紀也一起去吧，對了，小白回家了嗎？」

紀雲「嘿嘿」笑了下，搖頭道：「我就不湊熱鬧了，反正有你出馬，什麼都搞得定，我還有別的事。至於小白嘛，他跟我一起。」

「這樣啊，那我就……」

這時，葉子站起身，瞟了我一眼，臉不知怎麼紅了，對我說：「我去外面等你，你……你穿好衣服就走吧。」

呃？我低頭一看，敢情我一直穿著內褲跟人嘮嗑？加上剛才一激動，這大清早的還挺爭氣，高高支起個帳篷……

我登時紅了耳朵，趕忙三兩下套上衣服褲子，匆匆洗把臉，拉開門跑出去。

門外意料之中地停著葉子的小車和老紀的摩托車。有個人按幾下喇叭，從車裡探出頭來，朝我招手，「小哥，來玩呀，葉子姐這車比你那破車好看多了！」

這熊孩子，看來跟人家混得還挺熟！我沒好氣道：「坐那幹啥，你會開？」

李小白連連點頭道：「會開啊，這誰不會開？」

我就不信了，哼哼對他說：「你開一個我看看，賭十塊錢，敢不敢？」

「咦，這有什麼敢不敢的？我跟你說小哥，你輸定了！」

說完，他打開車門下車，然後把手往我眼皮底下一伸，「給錢，我開門了。」

……敢情是開車門啊，我暈！

我一巴掌直接拍過去，「給你個大爺錢，你哥現在兜裡就剩一塊錢，還有個鋼鏰，一共一塊五，要不要？」

李小白撇撇嘴，掏出十塊錢鈔票，在我眼前晃了晃，鄙視我道：「真丟人，比我還窮。」

唉！我鬱悶啊，我揪頭髮啊，該死的酆都大帝，居然白幹活不給錢啊！

正在這時，我媽出來了，手裡舉著一百塊錢喊我，「兒子，帶你朋友出去吃點飯吧！」

果然是親媽啊，我感動得熱淚盈眶，衝上去抱著我媽香了一口。

老媽估計高興壞了，兒子好久沒跟她這麼親密，順手又掏出一百，「拿去，吃完飯再去玩會。」

看見沒？親媽的錢真好掙，親一口一百！

李小白又把手伸過來了，「哥你有錢了……」

「滾一邊去，那十塊錢請客，喝豆漿去。」

「真摳……」

灌了一肚子豆漿外加兩根油條後，我們四個人再次分道揚鑣，分頭行動。

老紀帶著小白一臉壞笑一溜煙跑遠，我站在葉子的車前面尷尬得很，沒話找話聊，「妳這是啥車？沒見過，不過挺好看的……」

葉子嫣然道：「這是我們雜誌社配的車，你會開嗎？」

我連連搖頭，「開車門的話我會……」

要說葉子找我真算是找對人了，我這就是活生生的嚮導、秘書兼保鏢。在我一路帶領下，兩個多小時後，車子抵達光明村。

我們在村口停下了車，葉子跑上去打聽消息，可連問了幾個人，人人都神色怪異，猛擺手說不知道，想再多問什麼，立刻扭頭就跑。

葉子一點都不氣餒，和我一起邊問邊往村裡走去。我暗暗佩服，記者的心理素質就是好，一點都不怕挫折，真讓人佩服。

這時，前面遠遠來了個人，低著頭，一副心事重重的樣子。

到了近前我一看，認識，正是十姥爺家的獨生子，也就是我小舅，跟我同歲，上小學的時候我倆還是同學呢！

小時候我最不願意跟他一起玩，明明跟我一樣大，卻比我高一輩，我姥爺還總逼著我叫他小舅，別提多鬧心了。但有一次過年，總算嘗到甜頭，我喊了一聲「小舅」，十姥爺就給我一塊錢，那天我到處追著他喊，最後嚇得他看到我就躲。

「小舅，是我。」我邊招手邊喊。

對方茫然地抬頭，看了我好幾眼才認出來，勉強擠出一絲笑容，「二小啊，你咋這麼閒著回來？好幾年沒見，是幹啥來了？」

這回有熟人了，肯定能問到消息！

我上去熱情地摟著他的脖子，神秘兮兮地問道：「我聽說，光明村誰家生孩子好像出了點蹊蹺？這位美女是我朋友，在報社工作，想來打聽打聽情況，這事你肯定知道吧？跟我們說說唄。」

怎料，他聽我這麼一說，頓時滿臉苦笑，哀聲歎氣道：「還說啥？那就是我們家！去年我結婚你沒趕上，前兩天我剛生個孩兒，誰知道竟生下一個怪胎，扔都不敢扔，可養也沒法養……唉！別提了。」

什麼？居然就是他家出的事？

我心裡沒來由「咯噔」一下，隱約有個想法，忙問他道：「小舅，十姥爺是不是出啥事了？」

他依舊沒精打采地回道：「可不是嗎？一口氣上不來下不去的，已經昏迷三天，你也聽說了？難得大老遠的你還特意跑一趟。」

剛說到這，他忽然像是想起了什麼，一把抓住我，興奮道：「哎呀，我都忘了，我大爺可是個能人，是不是他讓你來的？這回可來救星了，你快跟我來吧！」

說完，他也不等我說話，拽著我就往村裡跑。

我忙喊：「車！車！我們開車來的……」

三個人急匆匆上車，順著我小舅指的路，來到十姥爺家。

剛一進院，我就覺得好像有點不對勁，他家的狗怎麼沒叫呢？

第35章 勾命鬼

就這麼平安無事地過兩個月，有一天，十姥爺獨自在家裡閒坐，忽然外面大門震響，趴窗戶往外一看，院裡進來兩個男的，穿著怪異，還戴著頂尖帽子……

院子裡靜悄悄的，我左右看了看，心中很是疑惑。雖然十姥爺家以前的兩條大黑狗前幾年就老死了，但那狗妖投胎的白狗還一直活著，而且後來又養兩隻小狗，怎麼說，此刻都不該如此安靜才是啊！

我回頭問道：「小舅，白狗呢？」

「白狗……吃了。」

我嚇了一跳，「啊？吃了？誰這麼殘忍，不都養了十來年嗎？」

他歎氣道：「還不是你十姥爺，前些日子他酒喝多了，在外面跟人吵架，回家打狗出氣，結果愣是拿大棒子把狗打死。醒來後還說不能糟踐，好歹養這麼多年，讓它進肚子裡安息吧，就這樣，直接剝皮吃了。」

我無語地一拍腦門子，完了，你說你吃哪隻狗不好，偏偏惹上它？本來它就是怨魂投胎，好不容易活了十多年，就等著自然老死，好重新投胎轉世，這回可好，反而怨上加怨。

「都有誰吃了？」我問。

「除了我之外，都吃了，我總覺得不忍心，養那麼多年的狗……唉！心裡頭不得勁。」

「唔……那你媳婦吃了沒？」

「也吃了，不過吃得少，她那時候懷孕呢！」

我暗暗叫苦，再少也不行啊，「我記得還有兩隻狗呢！後來哪去了？」

小舅沮喪說：「白狗死了沒幾天，那兩隻也死了。不知怎回事，一天早上起來就發現牠們死了，沒病沒傷的，肚子也扒開看了，沒有蟲子，但因爲死得蹊蹺，沒人敢吃，埋了。」

我皺著眉看了葉子一眼。她手裡悄悄握著一個錄音筆，在旁邊小心問道：「那您能讓我們看看孩子嗎？」

「這……」小舅有點尷尬。

我忙說：「還是先看老爺子吧，你看我們來得急，也沒買啥東西。」

我知道他現在心裡難堪，不想讓別人知道自家的事。尤其葉子還是個記者，專門爲採訪這事而來，如果宣揚出去，那可是家醜，丟人丟大了。

要不是因爲我在，估計葉子都進不了門。說實在的，我也沒想到這是他家出的事，要不我也不會挑明葉子是記者。

十姥爺家住的是三間瓦房，他老婆十多年前就被他打跑，現在獨自住一間屋子，小舅和媳婦住另一間。

小舅那屋的門緊閉著，十姥爺則躺在他那屋的火炕上，兩眼緊閉，面色如紙。

我探手試了試呼吸，已經非常微弱，一呼一吸幾乎相隔一分鐘以上，再摸摸心跳，三長兩短，果然是生魂離體的現象。

小舅招呼我們坐下，倒了兩杯水。

我沒心思喝，現在時間寶貴得很，十姥爺的魂魄在陰市裡也不知能堅持多久，要是我的法子挺不住，一領鬼心就完了。

在我的催促下，小舅一五一十地跟我們講述這件事的發生經過。

十姥爺一家吃了小白狗後，沒什麼特別情況發生，只是幾天後家裡的另兩隻狗突然暴斃。剝皮開膛後本來也要吃，但聽人說這狗死得蹊蹺，搞不好是瘟疫或啥的，這才沒吃，草草挖個坑埋了。

平安無事過兩個月，有一天，十姥爺獨自在家裡閒坐，忽然外面大門震響，趴窗戶往外一看，院裡進來兩個男的，穿著怪異，還戴著頂尖帽子，卻是不認識的人。

十姥爺心裡琢磨這是誰呢?難道是買豆腐的?

十姥爺前幾年開過豆腐坊，但早已不幹，他也知道自己人緣一向不怎樣，不大可能有人特地來看他，何況還是生面孔。

十姥爺心裡疑惑著，出大門去問。

那兩人一見面就問，「你就是張殿昌？」

十姥爺點頭說是，沒想到這兩人「嘩啦」一下，不知從哪掏出兩條鎖鍊，抖手就要往十姥爺脖子上套。

多虧十姥爺潑皮一輩子，身手反應很快，大驚之下居然閃身讓開，心裡還想著這是哪來的仇家？最近自己沒惹事吧？

十姥爺轉身就往後院跑，那兩人隨後就追。

後院有一道矮牆，十姥爺翻身上去，順手抓起兩塊磚頭就往下砸。誰知，那兩人根本不躲，磚頭砸在身上就跟砸空氣一樣。

十姥爺見狀，這才害怕起來，意識到這恐怕是兩個勾命鬼，跳下牆拼命地跑，身後兩人則越追越近。無奈之下，他隨手抓起地上柴草垛裡一根木頭棒子，也不管好使不好使，直接一棒子拍過去。

說也奇怪，這兩個索命鬼磚頭打不到，那矮牆也是直接穿過，沒想到這一棒子拍下去，居然打得這兩個人連連躲避，似乎對那根木頭棒子很是忌憚。

十姥爺也愣了，隨即打起精神，揮舞著木棒左劈右砸，甚是威風，不料使勁過猛，一下子把木頭棒子上的枝杈砸斷。

這回，那兩人再也不怕這木棒，返身抖落著鎖鍊又衝上來了，趁著十姥爺愣神，「嘩啦」一下把他脖子套住。

十姥爺在這危急時刻，神智出奇冷靜。他也不傻，經過剛才一番打鬥，心中隱約有點明白，剛才那個木頭棒子上面左右各有一個杈，看上去像個十字架。

十字架，他可知道，村裡那幾個信基督教的總來勸他信主，什麼上帝十字架，什麼魔鬼撒旦，什麼信耶穌得永生，他都聽煩了。

莫非這兩個勾命鬼居然怕這個像十字架的東西？這麼說，難道那些人說的都是真的？真的有上帝？有耶穌？

情急之下，他順嘴就喊，「耶穌基督！」

這句話剛喊出來，奇蹟立刻出現，那兩個勾命鬼連連後退好幾步，連鎖鍊都扔了，神色之間也是大駭。

眼看真管用，十姥爺毫不猶豫，摘下脖子上的鎖鍊，轉頭就跑。這回他學乖了，沒有亂跑，直接往一家信主的人家跑去。

他這一跑，那兩個鬼自是隨後追趕。十姥爺魂都要嚇得飛出來，頭髮直豎，玩命地跑，身後那倆鬼拼命追。一路上看見好幾個人，都奇怪地看著他。

十姥爺邊跑邊喊，「鬧鬼啊，有鬼追我啊，救命啊……」但沒人理他，都當他又撒酒瘋。

好在村子並不大，就在十姥爺跑進那家信主的人家屋裡後，連驚帶嚇地再沒力氣，一頭栽倒在地。

萬幸的是，這家正巧聚會，很多基督教徒在一起。

在農村，全村信主的每週會有兩天聚會，聚在一起唱讚詩、做禱告，沒想到剛好讓十姥爺趕上。

大家趕忙過來扶起十姥爺，詢問發生什麼事。

十姥爺說有鬼追我，要勾命。

這些人也嚇毛了，雖然說信主，哪見過這麼動真格的事?

說來也怪，十姥爺進屋後，那兩個鬼就不見了，眾人紛紛動手把十姥爺抬到炕上，有遞水的有擦汗的，也有問怎麼回事的。

十姥爺驚魂稍定，這才說起事情經過。

最後說著說著，人就漸漸胡言亂語，神色萎靡，一點點往炕上倒，眼看著一刻不如一刻。

這時，有個信主最虔誠的人說，他看見牆角有個小白狗，正在「呸呸」不斷往我十姥爺身上吐口水。

緊接著，十姥爺嘴裡開始吐白沫，呼吸急促紊亂，倒在炕上不停抽搐，眼睛直往上吊，眼看一口氣就要上不來。

那信主最好的人提議趕緊幫他禱告，於是眾人紛紛圍著十姥爺跪倒，雙手抱在胸前，開始閉目祈禱。

禱告好一陣子，十姥爺的呼吸漸漸正常，又禱告一會兒，這才結束。

再看時，那個小白狗已經不見，十姥爺微睜著眼睛，躺在那呼呼喘氣。

第36章 冥司十王殿

這十座宮殿沿著山路盤旋而上，每隔一段路就有一座，期間有無數級漢白玉石階相連，到了山下抬頭一望，那峰頂雲霧瀰漫。

聽到這，我心中大是驚訝，沒想到基督教真有這麼神奇！以前我媽也信過一段時間，她那本《聖經》我曾經當故事書看一遍，不過從來沒往心裡去，畢竟現在現代人的思維裡，連佛祖神仙都不怎麼信，哪來的上帝啊？

想起那天酆都大帝說的，天界勢力有三：天庭、佛土、教廷。看來，西方的神對東方的鬼也有威懾力。

見小舅說到這裡就停下了，我追問道：「後來呢？」

他臉上露出了一絲恐懼的表情，聲音有些微微發抖，「後來……後來你十姥爺清醒後就回家……沒想到，第二天上午，全家人留在屋裡陪著他說話，他卻忽然站起來，說外面有人喊他，跑出去後淨指著天上罵，說半空中站著一群人都在喊他的名字：『張殿昌，命不長，張殿昌，命不長……』」

「他在外面罵，屋裡我媳婦突然喊肚子疼。我剛要出去找車，結果不過片刻工夫，她就生了。我跑回去一看，居然是個怪胎，眼睛通紅，長著一對狗耳朵，跟死掉的那隻白狗一樣！我爸隨後也進屋，一看見孩子臉色就變了，說才剛把那群人罵走，這會又來了個索命的！他悶悶地獨自回屋喝酒，等我去看時，人已經倒在地上，昏迷不醒，唉。」

我和葉子對視一眼，沒有馬上回話。

得，現在算是真相大白了，就是白狗索命，至於那孩子的怪相，應該是小舅媽吃下帶有怨念的肉的關係。當務之急，是要先找到小白狗的魂魄，或許還能有一線轉機。

我思索分析後，便開口問道：「你們吃掉小白狗的肉，那牠的骨頭和皮毛呢？不會早扔了吧？」

小舅忙擺手說：「這個還真沒扔，那天我心裡難過，就把剝下來的皮和吃剩的骨頭都留著，後來抽空埋到南山去。」

我點點頭，「那就好。跟你說實話，這事我是能幫上忙，不過有幾成把握不敢說。你們實在不該打死那條狗，尤其是還吃下肚……唉！不說那麼多，我現在要過陰一趟，你給我找個安靜的屋子，千萬不能打擾我，成吧？」

小舅一聽我能幫上忙，滿臉喜色，連連答應道：「成，成！」

隔了一會，他就把間一直空著的屋子收拾好。

我一屁股坐在炕上，小舅和葉子都在地上站著，緊張地看著我。

我拉著葉子的手，心想現在也瞞不住他，而且沒準老紀早告訴過他，便「嘻嘻」

一笑道：「等我回來。」說完也不等她答應，直接往後一倒，隨即生魂離體，直奔地府匆匆而去。

來到地府後，我心想還得找柳無常，這老鬼精熟地府門，肯定知道怎麼辦。正想著，下一秒立刻瞬移到自己的衙門口，柳無常果然立馬帶人出來列隊迎接。

此景看得我心中感慨，有這麼會溜鬚拍馬的屬下，當官的何愁不被槍斃啊？

「大人，您吉祥！」

柳無常一見面就直接撂上這麼一句，還單膝點地，手心往地上一貼，十足誠心。

我差點噴出口水，揪著頭髮問道：「老柳，你哪個朝代的？該不會剛看完還珠格格吧？」

柳無常一愣，隨即道：「大人英明，您不是讓我沒事去看看陽間電視嗎？這些天，一到晚上七點我就去。還真奇怪，不管去哪家，看完新聞聯播後必定接著看還珠格格，裡面這詞挺酷的，就給您用上了……」

還真是好學，連酷都會說了！

「罷了罷了，我問你點事。」我哭笑不得道。

當下我又把這件事跟他講一遍，柳無常聽完咧了下嘴說：「大人，這事兒啊，還真不歸咱們管。小的不是說過，陰間有十大冥帥，分掌各界生靈？這狗屬於畜生獸類，應當歸豹尾冥帥管轄，不過，它現在既然已經向人索命，那大人自然有權過問。只是，這豹尾冥帥不在酆都內城，在西北方冥司十王殿值守，大人要去的話，我可以派人送您過去。」

見情況越搞越複雜，我咬咬牙，去吧，誰讓自己就這個命呢！

當下柳無常就爲我安排四名低階鬼將護送。我把桑塔納弄出來，端坐駕駛位，這哥四個也依序擠進來。我一看，好傢伙，副駕駛坐一個，後面坐三個，個個都濃眉大眼絡腮鬍子，胸前一巴掌寬的護心毛。

這副兇神惡煞勁，我一路上怎麼琢磨怎麼彆扭，這哪叫護送？明擺著四個黑社會押劫無辜出租小司機啊！

既然有人指路，我黑著臉把車開得飛快，過了大概一炷香時間，前方出現一片黑濛濛的高山。

山巒起伏，層層疊疊，其中最高一座山峰上，有十座格局簡樸且厚重莊嚴，以漢白玉建造而成的宮殿。

這十座宮殿沿著山路盤旋而上，每隔一段路就有一座，期間有無數級漢白玉石階相連。到了山下抬頭一望，那頂雲霧瀰漫，長達數百階的石階硬生生斷在雲霧之中，而雲霧深處隱隱還有一座更加雄偉的大殿，飛簷乍出，琉璃隱現，當真說不出的神秘莫測。

我看著這令人震撼的場景，心中暗自嘀咕，「這什麼十王殿？整得跟黃金十二宮似的⋯⋯」

突然間，身後一個絡腮鬍捅了捅我。

我回過神來，只見山腳下一隊鬼兵騎著蹄生黑煙的鬼馬衝到近前。一個體魄粗壯齜牙咧嘴的鬼兵大聲喝道：「十王殿處不得放肆，來者速速通名。」

我抓了抓頭，搞這麼唬人幹嘛啊？

旁邊早有一個鬼將上前喊道：「此乃酆都第六冥司陰曹官大人，有事求見豹尾冥帥大人。」

那個貌似小頭目的鬼兵聞言咧嘴一笑，露出兩顆碩大的小虎牙，一揮手，其餘的鬼兵紛紛閃出一條通道。

小虎牙朝我一抱拳，「大人請便，豹尾大人今日在第二宮輪值。」

第二宮？那不是金牛宮嗎？

原以爲這十王殿也跟十二宮似的，得先過第一宮，才能到第二宮，結果來到山腳下，才發現原來是每一殿的側面都有獨立通道。

望了望那高高的石階，我突然有些眼暈。唉，爬吧，好在我現在是鬼魂狀態，不會覺得累。

按照階級慣例，那四個黑社會留在山下，不能上去。

上到了第二座宮殿後，又是一番麻煩的報名通傳，才得以進入殿內，我抬頭看殿門上方，上書四個大字：**楚江王殿**。

第37章

冥帥豹尾

我和豹尾鳥嘴二位冥帥一起站在半空，下面不遠處就是十姥爺家。此時，他家屋頂光芒萬道，一片耀眼白光中，白衣聖潔的雙翼天使正站在那裡。

在一個鬼卒帶領下走入大殿，我發現這裡似乎只是一座前殿或偏殿，相比從外面看起來雄偉的大殿要小得多，左右只有四根柱子，上面光禿禿的，什麼都沒有。右側放了一張石桌，兩個模樣怪異的傢伙正在說話。其中，盤坐在石桌後面的那位，身高足有三米，豹頭人身、相貌猙獰，身披鎧甲，後面拖著一條碩大的長尾巴。另一個只有那個豹尾的一半高，長得瘦小猥瑣，尖嘴縮腮。兩人的身後有一扇高大無比的巨門，看來那才是正殿入口。

我心中忐忑，故意咳嗽一聲，然後躬身施禮。

這兩人一起轉身看我，那個看上去就像豹尾的粗聲粗氣地說：「你倒勤謹，這麼快就找來了！你可知那狗妖死後一靈未泯，憤憤訴告於我，如今張殿昌惡行敗壞，命已當絕。」

這麼直接！居然知道我來的目的，一上來就把我的話堵死。

我一時間沒詞，只得小心翼翼道：「冥帥大人，張殿昌縱該萬死，但孩子是無辜的啊！這……」

沒等我說完，這個豹尾冥帥直接大手一揮，「你不必再說，那孩子只剩三十天壽數。原本，我們只是派勾魂使者去索那張殿昌的命，沒想到，居然被教廷的人橫插一腳……哼！你還是回去替他安排後事吧。至於我今天見你，只是爲了還七年前你的一飯之情，言盡於此，你去吧。」

一飯之情？我什麼時候請它吃過飯啊？不過，既然他提到「情」字，我正好順竿爬上去。

於是，我趁機說道：「大人，您既然也講情字，那何不再給我些情面？念在張殿昌並非十惡不赦之人，就讓他全家好好爲狗妖超渡，您這裡再幫忙安排個好人家投胎，不就結了嘛？」

豹尾沒回話，倒是尖嘴縮腮的人突然插嘴道：「陰律本無情無私，你這麼說，可知是在徇私情？」

「這……」我無語反駁。

就在這時，外面跑進一個鬼卒，近前跪倒，大聲說道：「豹尾大人，鳥嘴大人，那些教徒不知從哪請來一位大天使，現在張殿昌已經要清醒了！」

「什麼？」

豹尾冥帥怒喝一聲站起，隨即大手一揚，也不等我反應，一道黑雲裹挾而起，翻翻滾滾地直飛沖天。

當我反應過來時，再睜開眼睛一看，頓時嚇了一跳，才這麼片刻工夫，我們居然回到陽世。

我和豹尾、鳥嘴二位冥帥一起站在半空，下面不遠處就是十姥爺家。

此時，他家屋頂光芒萬道，一片耀眼白光中，白衣聖潔的雙翼天使正站在那裡，隨著頭頂光環的閃動，一道道乳白色的光圈波動蕩漾。

太他媽壯觀了，這可是貨真價實的天使姐姐！

我都看傻了，嘴張得老大。

豹尾在一旁氣得暴跳如雷，「可惡！又是教廷插手，我……我恨不得……」

鳥嘴冥帥在旁邊一語未發，提醒道：「豹老兄，不要動怒，別忘了三界協定。教廷在東方擴張勢力一事，我們無權干涉，畢竟那人現在還沒有死透。」

「我……我……」豹尾氣得說不出話，最終眼睛一翻道：「哼，救了大的，卻救不了小的，我看你們能有什麼辦法！說來奇怪，那個張殿昌爲何始終吊著這口氣遲遲不死呢？哼！一定是你這臭小子搗鬼，你也給我下去吧。」

說完，他重重踢了我一腳，然後兩人架起黑雲，一閃無蹤。

我被這一腳踢得頓時從空中跌落，「啊」字還沒喊出來，隨即意識清醒。

我心有餘悸地睜開眼睛，葉子守在我身邊，滿臉關切看著我。

「十姥爺醒了嗎？」我跳下地問道。

「我也不知道，我一直在這裡看著你。剛才有一群基督教徒來了，說要爲那位老人家祈禱，你小舅也過去了。」

我抓起葉子的手，飛快跑到隔壁一看，果然滿屋子的人，跪在十姥爺身邊，閉目垂首雙手按胸。

我小舅也學著他們的樣子跪在炕上，在那睜一眼閉一眼瞎叨咕。

「嗯哼哼哼哼……」十姥爺突然「哼哼」幾聲，然後喘氣聲漸漸粗了起來。

小舅驚喜地一把抓住他的手，一迭聲喊道：「我爹醒了，醒了哎……行啊，不管怎麼說，醒了就好！我放下心來，拉著葉子往外就跑，「走，帶妳看天使姐姐去。」

到了院裡，我抬頭一看，那位雙翼天使已經走了，乳白色的光芒也消失不見，只剩下滿院子的星芒，星星點點地在半空搖曳飄舞，如同漫天螢火一樣，煞是好看。

只是我忘記一件事，葉子看不到這些，真是可惜。

葉子在我面前張開雙臂，挺起胸做了個深呼吸，然後疑惑道：「吳憂，哪來的天使姐姐呀？我只覺得周圍突然變得明亮，空氣好像一下子清新許多，渾身上下都好舒服哦！」

我的目光從她高起的胸口移開，心裡有點發慌，順嘴道：「呃……妳不就是天使姐姐嗎？」

「啊？」她的臉一下子紅了。

完了，我在胡說什麼啊？我轉頭跑回屋裡，哎！現在對美女的免疫力爲零，不要誘惑我了好不好啊？

第38章

葉子的主意

我點頭同意，葉子也沒意見，反正豹尾說過，那孩子有三十天壽數，估計拖個一晚上也不會出事，我正好趁這機會再惡補一下陰曹官日記。

回到屋內，十姥爺正好睜開眼睛，看見我後一下子坐起，興奮喊道：「二小，你回來了？剛才我又聽見那鐘聲……咦？不對，這是哪？你們這都是……我……」

他驚愕地摸著自己的頭，又看了我一眼，卻納悶問道：「二小子，你啥時候來的？我是不是又喝多了啊？德子，咱家咋這麼多人呢？」

後一句是問我小舅張忠德，我知道他這回徹底回魂，之前在地府裡的記憶已經完全消失，自然也不記得在地府裡見過我的事。

眾人都鬆了一口氣，就在這時，隔壁小舅屋裡突然傳出一聲嬰兒啼哭。

我立時一驚，拉開門竄了出去。

那些人跟在我後面也想去看看，卻被小舅一伸手攔在門前。

「各位，感謝你們幫了我家這麼大忙，以後但凡有用得上我的，我小德子絕不推辭。但我老婆孩子的事，就不勞各位操心了，長成什麼樣，都是老天爺給的，誰都沒法……王叔，你別看我，剛那個是我家親戚，看孩子是正常的……啥親戚？我大外甥啊！」

我心裡這個彆扭，喊他聲「小舅」還得瑟上了，這比我生日還小半年的貨！

其實，我明白，在他心目中那些人都是瞎湊熱鬧的，人都要不行了，他們來禱告就好，誰信啊？他一直以爲是我過陰給偷偷弄好的……慚愧了，這次還真是人家治好的。

隔壁屋子裡坐著一個形容憔悴的女人，看上去年紀不太大，頭髮散亂、眼睛紅腫，一臉癡呆呆坐著，彷彿已然癡傻。

她的身旁放著一張小毯子，上面躺著一個用小被子層層包裹的孩子，卻看不見面孔。

可憐的女人，沒事吃什麼狗肉呢，攤事了吧？攤大事了吧！

我輕輕咳嗽了一聲，張口道：「那個，小……咳嗯……」

嘖，這「小舅媽」三字，還真叫不出口，她跟我歲數應該差不多，這要在城裡還是在上學的年齡。

聞聲，她回過神來，抬頭看我，表情沒有明顯變化，顯然已經從小舅那裡知道我是誰。她慌不迭地把孩子抱起來，聲音有些發顫，「你……你快看看……」

我點點頭，把手伸了出去。剛要碰到那孩子頭上包著的薄被時，卻下意識停住，心裡莫名忐忑，這孩子會長成什麼模樣，腦子裡回想起當年那狗妖恐怖的面孔，心裡更是發寒。

過了幾秒，我心一橫，豁出去了，咱什麼沒見識過！

我一把掀開被子，首先就觸到那孩子一雙滿是怨毒的眼睛，登時邊打哆嗦邊打量。只見這孩子整個臉部扭曲，一雙通紅的眼睛裡佈滿血絲，一條鮮紅的舌頭耷拉嘴邊，微微抽搐。頭部兩側，果然長著一對白色的狗耳朵。

一絲寒意悄悄爬上背脊，這玩意還真是比見鬼還可怕。

我心裡不禁為這孩子感到悲哀，你說他有什麼錯呢？不知積累幾世功德，才得以投胎成人，結果卻被惡鬼怨念侵襲，讓人養也沒法養，扔還不敢扔。要是真扔到荒郊野外，指不定哪天就變成什麼怪物，半夜三更爬回來蹲窗戶，有幾口子就嚇死幾口子。

這可怎麼辦呢？我皺起了眉頭。

此時，小舅撩開門簾走進房間，用忐忑的眼神詢問我。我看向他，勉強擠出一絲笑容。

「這樣吧，現在趁著天還沒黑，咱們抓緊去南山。抱著孩子去，多買點供品，好好拜一拜那一堆狗皮骨頭。按理說，應該找個和尚來，念念金剛經超渡超渡，但現在這年月，也沒地方找會念經的和尙，只能用沒辦法中的辦法試試。」

我無奈地說，其實心裡想的是把那狗妖的魂魄召來，好好跟它說理，不過，心裡沒底。而且，我壓根就不會召這種惡鬼，要是過陰去地府，還得再見那個豹尾，那肯定更沒戲了。

「那好，都聽你的，一會我把那些人打發走，就去。」

「他們在那屋幹嘛呢？十姥爺怎麼樣了？」我問。

小舅嘿嘿一笑，壓低聲音在我耳邊說：「傳道呢！說什麼『信耶穌得永生』，我爹好像真有點信了。這回可真把他折騰得不輕，他要是以後真能信教，我就讓他信。管他真假呢，反正是勸人行善的教，你十姥爺啊，是該積德行善了。」

我點點頭，這話倒是真的。

雖然小舅壓根沒信那幫人，但行善積德確實是好事。別的不說，要不是十姥爺以前多行惡事，就單憑殺了一隻狗，那勾命鬼能來找他嗎？

我這次幫他，也是因爲我這人打小重情、認親，畢竟十姥爺以前挺疼我的。不過，他以後要是還這樣不辨人事，我就不管他了，這叫自作孽，不可活。

小舅接著說：「那我出去買供品吧，咱村裡沒有賣，得去鄉裡才行。你給我拉個單子，看都需要什麼，我一起買回來。」

需要買什麼呢？我腦海中開始回想以前跟姥爺出去的經過，一時還真想不太全。

就在這時，葉子走進來，看了我們一眼，「這樣恐怕不行，以我的經驗，這種怨氣極強的魂魄不會這麼容易被超渡。」

咦，她也懂啊！

我驚奇地看著葉子，急問道：「妳的經驗？快說快說，以前都沒發現，原來妳還有這本事啊。」

她用眼角挑了我一下，「切，你忘了姐姐是幹嘛的了？我見過的事，可不比你少哦！」

哦，對了！她是靈異雜誌社的記者，不就整天研究這事兒嘛！等等，不過比我大一歲而已，叫妳聲天使姐姐還當真啦！

「那，你說怎麼辦？那個，記者……小姐，快坐下說。」小舅一聽葉子有辦法，忙殷勤地說道。

夫妻兩口子更立時把目光轉向葉子，眼巴巴等著。

葉子嫣然一笑，「叫我葉子就行，我是吳憂的朋友，不用叫我什麼記者，我就是個小編輯而已。」

說完，她面容一整，斂起笑容，思忖後道：「我以前聽人說過，凡是這種橫死的動物，尤其是有靈性的，還被人吃肉剝皮的，如果死後見到自己被人剝下的皮毛和啃剩的骨頭，反而會怨氣大發。你們要是真抱著孩子去山上，恐怕那孩子見到骨頭，便立刻出事。要解決這個問題只有一個辦法，那就是……」

「就是什麼？」我見她忽然停住了，忙開口問道。

「這有點難辦，需要幫它找一個代替的肉身，然後把骨頭、皮毛什麼的，按原位拼縫上去，這樣從外表看起來，還是一個完整的身體，就會比較容易超渡。」

這個還真挺難，代替的肉身先不說，誰能把那些骨頭和皮毛一絲不差地拼上？

「這……這可不是有點難辦而已啊……」我苦著臉看著葉子，撓了撓頭。

葉子也有些無奈地說：「是挺難的，不過，除此之外沒別的法子。」

這時小舅忽然沒來由笑了，笑得笑得讓人毛骨悚然。

我嚇了一跳，伸手在他眼前晃了晃，「你笑啥？怪嚇人的。」

他伸手一拍大腿，哈哈大笑道：「這有什麼難的？要是別人可能就沒轍，但是我啊偏偏就有辦法，哈哈哈哈……老天爺還算夠意思啊！」

「什麼意思？」我納悶地看了看他，又看他媳婦，眼中充滿疑問，「他啥時還有這毛病？一著急就犯精神病嗎？」

沒想到小舅媽也笑了，「不是精神病，我二大爺就是幹這個的，他開壽衣鋪的，祖傳的紮紙手藝，紮出來的紙牛紙馬、金童玉女，都跟真的似的，估計紮個狗也沒問題。還有，他早年學過醫，會摸骨，還開過成衣鋪，也會算卦，也懂陰陽先生這方面的……」

哎呀我了個去，敢情這位二大爺還是個全才呀？

我無語地摸摸鼻子，哼哼道：「既你有這寶貝二大爺，怎不早點找他呢？」

小舅嘆了一聲，把話接回，「哪敢呀？當初，你小舅媽嫁過來時，他就跳著腳說不同意，說嫁給這家沒兩年就會出事，誰想真讓他說準了，我哪還有臉去求他老人家？」

「人命關天，你們還想那麼多幹啥？真是，差點耽誤事，那什麼二大爺他……不對，二大爺是你們叫的，我得叫……叫二舅姥爺吧？好像也不對……」我都服了，怎麼這麼多姥爺……算了，甭管叫啥，還是說回正事吧。

「他老人家在哪住，今兒來得及去找他不？」

「遠倒不遠，不過眼下這個時間，去人家家裡肯定不合適，要不咱們再忍一宿，明天早上去，怎麼樣？」小舅說。

「好。」

我點頭同意，葉子也沒意見。反正豹尾說過，那孩子還有三十天壽數，估計拖個一晚上也不會出事，我正好趁這機會再惡補一下陰曹官日記。這些天一直都沒空看，心裡還有好幾個事排著隊要辦呢！

比如欠人家柳無常和那些小鬼的錢，還有我什麼時候請那個豹尾吃過飯？爲什麼他說欠我一飯之情？唉！陰陽令裡面還放著小玉和阿嬌姐妹倆，還有遠東大廈那裡的事情也沒解決。

哎呀，當陰曹官真是太忙了！

第39章

紮替身

郭瘸子聽完後，瞇著眼睛開始數指頭統整，「第一，紮替身，第二，縫骨皮，第三，度陰魂。我想問問你，憑什麼要幫你做這件事？」

這一晚上，到底還是沒睡好覺。我先是看了半宿日記，後來折騰半天睡不著，就去了趟地府，拿回之前扔在十王殿山下的桑塔納，然後再問柳無常一些事，也順便告訴他，老徐欠的錢有空就會燒給他。

這老鬼嘿嘿陪著笑沒言語，其實心裡清楚著呢，哼！鬼精鬼精的。

第二天一早，我眼睛紅腫地起床，先跑到屋裡看孩子，還是老模樣，一臉負面情緒，看著我就跟看見惡霸地主似的。

我心想這也就是親媽才能顧，換個人都不敢跟這孩子在一屋待著。

另外，十姥爺還沒起來。據小舅說，昨天這老頭痛下決心一改前非，從此信主，我也挺高興，算是去掉一塊心病。

我、葉子、小舅三人簡單吃了點東西，便一起坐上葉子的車，直奔鄉裡而去。

鄉裡其實挺近，大約半個小時不到，便駛到目的地。

這個鄉，就是哈爾濱太平區的民主鄉。我說的都是真地名，不過，當年的哈爾濱老太平區早就跟道外區合併，原來的窮鄉僻壤現在也變成生態旅遊區。

小舅介紹說，他媳婦的二大爺姓郭，本名叫郭二寶，因為小時候得過小兒麻痺，走路有些踮腳，大家就又叫他郭瘸子，或者二瘸子，受過他恩惠的則尊稱郭半仙。

在附近的十里八鄉，乃至整個哈爾濱東郊範圍內，他是有名的陰陽先生，論起風水陰陽的本事，比我姥爺可強了不是一點半點。不過，大約是幹這行遭了譴，用專業術語來說，就是「命犯五弊三缺」，這位郭瘸子一直無後。

我們七拐八繞地來到街上一間低矮平房，門挺破爛，上頭玻璃黑漆漆的，也沒有牌匾，就在門口立了個木頭牌子，上面用紅漆塗了兩個大字：「壽衣」。

門外站著一個十多歲的小孩，正四下張望，一見到我們下車，居然撒腿就往屋裡跑。

小舅上前一把拽住那小孩，笑罵道：「你這小嘎豆子，見了我跑啥？你二大爺在不在家啊？」

那個小孩不斷往外掙著，嘴裡胡亂嚷嚷道：「我二大娘說今天要來人，讓我在門外等。你快放開我啦，二大爺不讓我跟你玩，你家招鬼呢……」

我和葉子對視一眼，都挺驚訝，他二大娘知道我們今天要來？什麼人物啊這是？

小舅得到消息後鬆開手，孩子趁機飛快跑進屋裡。

他轉頭對我們說：「二大娘身上有仙，啥事都知道。咱進去就實話實說，不用繞彎抹圈，這兩口子都是成了精的。」

這時，壽衣店門打開，慢騰騰走出個老頭，手裡掐著個旱煙袋，走路一瘸一拐的，邊往外走邊罵，「你個小王八羔子，說誰成精了？」

小舅尷尬地哈腰，「二大爺，您老耳朵真好，在屋裡都能聽見我們說話……哈哈……」

這老頭兒哼了一聲沒理他，反倒是連連看了我和葉子好幾眼。

我也仔細打量這位郭瘸子，只見他個頭挺高挺瘦，看面相可老了。一臉皺紋，倒三角眼、眼皮耷拉，下巴上有幾根山羊鬍子，身上套著一件老式中山裝，左邊兜裡還插著兩枝筆，一走路就跟地裡的稻草人似的，瘸了還「吧唧」直打腳。

郭瘸子打量半晌，忽然開口朝我說：「老弟，你是貴客，快請屋裡坐。」

啊？我怎麼就成貴客了，莫非他這麼一眼就看出我的身分？不簡單啊。

旁邊小舅吭嗤吭嗤道：「二大爺，差輩兒了，這是我表姐家的，我外甥呢……」

郭瘸子眼睛一瞪，「誰是你二大爺，我叫老弟就是老弟！你個王八羔子，惹出事了才知道找我，當初怎他娘不聽我的？」

我連忙攔住，也挺不好意思道：「這是不大合適，怎麼著也不能差兩輩兒啊！要不我也叫您二大爺吧，今天我來，就是爲了他家的事……」

郭瘸子一擺手，「行了，你別說，我都知道。你叫啥都行，郭瘸子也行，反正我就管你叫老弟，這樣我都佔便宜了。」

說著，他也不容我多說，抓著我的手「蹬蹬蹬」走進屋，葉子一臉無所謂地緊跟在我身後。

小舅吸了吸鼻子，一臉灰溜溜地跟進來。

進屋後，郭瘸子把我按在椅子上，衝我一抱拳，先行了個禮，然後指著我的臉上問道：「老弟，你這臉上誰給你畫的？」

我徹底讓這郭瘸子整懵了，一套一套的，都哪跟哪啊？聽他一說我臉上的畫，我嚇得下意識伸手在臉上劃拉，驚訝道：「我都洗掉了啊！二大爺，你還能看得出來？是不是哪沒洗淨？」

他嘿嘿笑了聲，「外頭的看不到，裡頭的卻沒洗掉。我說這是誰跟你開的玩笑呢？要不是你，都能傷著人。」

我一臉震驚，這老頭兒真神。我一直以爲那天臉上的畫是胡文靜幹的，雖然他沒承認，但我認爲他只是嘴硬，沒想到還真不是他畫的！聽老頭兒的意思，竟畫到裡頭了?這「裡頭」指的是哪啊?

他看我驚訝，轉身從櫃子裡頭翻騰出一張符，然後倒了碗清水，把符紙燒成灰扔在水裡，然後遞給我，「去洗臉吧，洗完就好了。」

這老頭兒辦事真是乾淨利索，我心中暗暗佩服，便按他說的乖乖去洗臉，仔細搓揉半天。

回來之後，郭瘸子看了看我，滿意地點點頭，「這回真沒了，說吧，你們找我啥事?」

「呃……」我猶豫了一下，看了一眼小舅。

他連連拿下巴跟我示意，讓我跟老頭直說。

於是，我也不客氣，當下把事情的來龍去脈說清楚，反正這是個人精，什麼都瞞不了他。

郭瘸子聽完後，瞇著眼睛開始數指頭統整，「第一，紮替身，第二，縫骨皮，第三，度陰魂。這事兒說好辦倒是好辦，說不好辦呢，也挺難的。我想問問你，憑什麼要幫你做這件事?先說好，別跟我提錢，還有，跟這個王八羔子也無關。」

看看，看看，來事了吧?我就知道這老傢伙沒那麼好說話，神神叨叨地繞個彎子，還是露出狐狸尾巴了吧？

我思索了一下，「老爺子，今天你幫我這個忙，我肯定感激在心。我也明白這行的規矩，您有什麼要求就說吧，我絕不含糊推辭。」

郭瘸子搖頭晃腦點點頭，表示滿意。不過，他沒有直接說條件，而是站起身，伸了個懶腰，「成了，有你這話就行，我也沒別的條件，以後你幫我個小忙就好。放心，不會讓你爲難。那麼，你們給我個尺寸吧，我這就去紮替身，下午好趕回去縫上。」

小舅樂壞了，趕忙起身向郭瘸子道謝，一邊說客套話，「二大爺，這可給您添麻煩了，您可救了我們全家啊！您是再世的活神仙啊！等我下回再生了兒子，我給您送來，我讓他給您老當兒子，我……」

老頭這下不樂意了，罵道：「放你娘的屁！你把兒子送給我當兒子，那不是他娘的差輩兒了？一個王八羔子，看你二大娘怎麼收拾你！」

小舅發覺口誤，苦著臉搧自己一個嘴巴，沒話找話說道：「看我這張破嘴，那什麼，我二大娘好不？今兒怎沒在家呢？」

郭瘸子看了看我和葉子，淡淡道：「你二大娘在家呢，只不過不能出來見客，她說今天來的人裡頭，有她惹不起的……」

什麼意思？

今天來的人裡頭除了我小舅，就剩我和葉子，哪個人她惹不起？

第40章

活人？死人？

我徹底呆住了，心底那一絲寒意再次悄悄爬上我的身體。

為什麼，為什麼一個死了好幾天的人，所有人都能在大白天看見他，還都當他是個大活人？

我看了看葉子，葉子看了看我，都是一臉疑問。這老頭兒神神叨叨的，還是別多嘴，快點辦完事才是真格的。

郭瘸子說完這句話倒也沒了下文，跟小舅跑到一邊比畫尺寸。

我這才倒出空來，打量這間小小的壽衣店。

壽衣店是兩間屋的民房，中間隔著小院落，後面還有一間房，估計就是郭瘸子一家人住的地方，我們現在待著的是外間。

靠牆壁兩側擺了兩個木頭架子，左側放的是花圈輓聯，各種冥紙元寶，右邊架子放著壽衣壽帽壽鞋，還有一些小物件，倒也整齊。裡間屋子稍微大一點，裡面擺著幾個紙牛紙馬，還有一對童男童女，甚至紙紮的電視機、小洋樓、小轎車，以及一些還未完成的半成品，各種材料胡亂堆滿地。

這些紙紮做得活靈活現，牆角甚至還放了兩個穿著短裙的紙美女，真是令人大開眼界。

我跟葉子四處看，不禁暗暗稱奇。

這時，郭瘸子一瘸一拐地走過來，說道：「行了，你們自便吧，下午來取貨就成了。」

我明白，這是下了逐客令，這規矩我懂，人家的獨門手藝，自然不能讓外人看著，反正現在時間還早，出去走走也好。於是就跟葉子、小舅離開壽衣店，到大街上閒逛。

其實，也沒啥可逛的，說是鄉裡，其實就是個大屯子，比小村莊稍微整齊些，有些像模像樣的房子，偶爾還能看見幾棟小洋樓罷了。

我們所處的街道，是這鄉上的主街道，多些人氣，商店什麼的也全都集中在這。我許久沒下鄉，而葉子比我還覺得有趣新鮮，都挺興致高昂。

三個人裡面，只有小舅感到無聊，得給我們充當嚮導。

剛走出大約兩百多米，眼瞅著街道過去一半，忽然對面走近一個人。一個年輕小夥子，臉正在我這個方向望來，不知怎地，我覺得好像這人有點面熟，不由得多看兩眼。

就在他走近身邊時，我突然瞪大眼睛，這小夥滿臉死氣，而且走路虛浮、飄飄悠悠，怎麼看怎麼彆扭！

他走過去之後，我就犯了嘀咕，怎麼看他這麼面熟，在哪見過呢？而且他臉上這死氣、這濃度，都快趕上那天……啊喲不好，我想起來在哪見過他了！他不是遠東大廈的保安嗎？

記得他跟李小白的關係好像還不錯，我剛去當清潔工那天還給我介紹，好像是叫李大明。但是，那天晚上出事時，除了小白和他二哥，只有三名保安活下來，這小夥並不在那之內。這豈不是說，他早就死了？

我揉了揉眼睛，回過頭仔細察看，確認真是鬼，唉，可惜了，這麼年輕……

這時，小舅順著我的目光往那邊看，順嘴問道：「看啥呢？你認識他啊？」

聞言，我霍地轉過身，再次瞪大眼睛，「你能看見他？」

「能啊，那麼個大活人誰看不見？你別逗了。」

奇了怪了，我又驚訝地問葉子，「妳也看見那個人了？」

葉子滿臉奇怪地看著我，也點了點頭。

這時，旁邊剛好路過一個男的，我趕緊攔住他，問道：「大叔，剛才過去那個人，你認識不？」

沒想到，他往那邊看了一眼，點頭道：「認識啊，那是我們鄰居家孩子，一直在外頭打工，前幾天才剛回來的，你找他有事啊？」

我徹底呆住，心底那一絲寒意再次悄悄爬上後背。爲什麼，爲什麼一個死了好幾天的人，所有人都能在大白天看見他，還都當他是個大活人？

「他……他回來後，有沒有什麼異常的事發生？」我思忖著問那人。

聞言，男人有點不高興，上下打量我幾眼，「你這人真怪，人家回來好好的，昨天還一起嘮嗑來著。我說你到底是幹啥的？沒事我可回家了。」

什麼？還能說話嘮嗑？他們那些人的屍體可都在火災現場被扒出來的呀！就算詐屍，也不可能跟活人一模一樣。再說，那分明就是個死魂，我這眼睛不會看錯。

見我表情詭異，那個人帶著看精神病一樣的眼神離開。

看著他的背影，我一下子打定主意，這事非整明白不可，於是遠遠跟在對方身後，既然是他的鄰居，那就有辦法找到李大明。

至於葉子和小舅兩人，則莫名其妙回到車裡，按照我的囑咐，在車內乖乖等著。這事可是高度機密，知道的人越少越好。

我惴惴不安地跟著男人走了好幾條街，還真就讓我找到李大明。我發現他的時候，他正在一個院裡跟一個女人說話，看那親熱勁，估計是他媳婦。

趁這個機會，我閉上眼睛，微微運出一絲鬼力，然後再睜開眼睛一看，眼前又是另一番駭人的情景。那小夥子變成隱隱透明狀，縷縷黑色死氣從他身上溢出，然後悄悄盤旋在媳婦身邊，一點點融進她身體。

我暗道不妙，這個情形，分明就是傳說中的修煉活死人之法，我小時候曾聽姥爺講過這類事，這是從前劉老道講給他聽的故事。

這種死魂，皆是被人所害，再由某種符咒驅使，與活人一般生活。

這其實是一種障眼法，普通人區分不出來，成了個活死人的種子。正常人要是跟這死魂待在一起時間長了，慢慢就會被這「種子」散發的死氣侵體，最終變成活死人，吃喝拉撒倒都正常，但確切來說，已經不是人了。

它們擁有一切惡鬼的特質和殭屍的本能，會聽從施法者的命令，絕對是居家旅行、殺人滅口的優良工具。而且，這玩意還有傳染的危害性。

通俗點說，如果一個村子裡有一個人變成活死人，那時間久了，整個村子裡的人全都會變成活死人，一個也不剩。然後這整個村子的人再到外面去，一傳十、十傳百、百傳千……我的媽啊，光只是想想，都讓人不寒而慄。

這種陰損至極的法術，據說只在古時候有那麼一兩個十惡不赦的修道之人練成，不過，還沒拿來害人，自己就先嗝屁了。

因為這法術過於惡毒，大違天道，即便施出法術，也必定是以施法者的生命為引子。這就有一個矛盾，如果施法者在施法的時候自己就死了，誰又會去練啊？

沒想到，這千古萬古都沒人能遇上的異事，居然讓我碰上了。這機率，大概比喝涼水塞牙還低。

我毛骨悚然地在大門外偷看，屋裡一個中年婦女滿面笑容地端著菜出來，看這樣，是要吃午飯了。

李大明和小媳婦也幫著擺桌子盛飯，然後一起坐在桌邊，全家人一副其樂融融的樣子。

我心裡不由一陣陣難過，這要是不出事，一家人多好！但是眼前的危機讓我不得不收起那份同情心，緊盯著院子裡的動靜。

我倒想看看，你這死鬼要怎麼把飯吃下肚去？

第41章

黑符

我愣住了，真沒想到，這事居然這麼輕易解決，原來只要告訴他他已經死了，就可以了？我低頭看了一眼，飛快撿起那枚黑符，揣進兜裡。

這家人今天吃的飯還挺有意思，大碴子粥、蘸醬菜，又蒸了一鍋開花饅頭，還有一盤好像是炒雞蛋的黃菜，離遠了看不太清。三口人坐下後，就你一碗、我一碗地盛飯夾菜，整得我肚子都饞了。

跟我預料的不差，李大明只吃了半碗就說吃不下，把碗一推就回屋了。

那個中年婦女還絮絮叨叨地唸著，「兒子，你這次回來是怎麼了？跟換了個人似的，往常見了大碴粥蘸醬菜比見了你親媽還親呢！」說著話，又端起李大明剩的半碗粥，就想往自己碗裡倒。

我再也看不下去了，要是說傳染分等級的話，他們在一起說話生活只能算是輕度傳染，可這死魂喝剩的粥她要是喝了，效果絕對是立竿見影。

我「嗖」的一下蹦出去，也沒敢吵吵，搶過那碗粥就扔到一邊去。

兩女的冷不防嚇一跳，反應過來後，張嘴就想喊。

我嚇得一哆嗦，心想老姑奶奶、小姑奶奶，妳倆可別喊，要是把那鬼喊出來就不好辦了。

我急中生智，拼命擺手壓低聲音對她倆說：「別喊，千萬別喊！我是郭瘸子家裡的小徒弟，我師父讓我來給妳家平事，妳要是一喊，可會出大事的。」

沒想到，這臨時搬出來的郭瘸子還挺好使。這兩人大眼瞪小眼地盯著我，真就沒敢喊，都用手捂著嘴，眼神驚訝地看著我。

那個歲數大些的還很配合，小聲問：「俺家出啥事兒了？」說完還緊張地東望望西瞅瞅。

我不由得好笑，看來這鬼神之說的基礎還是在農村，要是換做在城裡，冷不防地跑人家家裡，說你家有啥啥，估計早被人一把大掃帚疙瘩拍出來。就是不拍出來，人家也會立馬報警，說有精神病或者騙子出沒。說到底，還是郭子這塊牌子好使，我要是說是我二舅姥爺讓來的，估計早就被人打一腦袋包……

我眉頭一皺，裝出一副高深莫測的樣子，伸手擺出幾個造型，然後用腳在李大明剛才坐的地方劃一個圈，再用手暗暗運氣一指地上，對她們說：「你們看，他剛才吃下去的東西都在這。」

李大明的媳婦和母親聽我這麼一說，好奇地低頭看去。

只見光禿禿的地上慢慢露出一小灘倒在地上的大碴粥，中間還混雜著幾片菜葉。這些食物都保持著原來的樣子，沒有任何咀嚼過的痕跡。

這兩人嚇得一下子從凳子滑到地上，小媳婦更語無倫次道：「大明？大明他……

他……」

李大明的母親反應要快一些，「撲通」一聲就朝我跪下，連聲喊道：「先生啊，俺家大明咋了啊這是？求先生千萬幫忙啊！」

我直截了當跟她們說：「我說出來，妳們可要挺住。我本來不想說，但這是爲了妳們好。其實，你們家李大明，幾天前就已經死了，他上班的那個遠東大廈失火爆炸，幾個保安都死在裡面，現在你們看到的，只是他的鬼魂。」

「你說什麼？」

身後突然傳來一個詫異的聲音。

我回頭一看，李大明站在門口，滿臉驚駭地看著我。我反倒是納悶起來，怎麼？難道他不知道自己已經死了？

我警戒看著他，又重複一遍道：「我說，你幾天前就已經死了，遠東大廈的那場大火，難道你忘了嗎？你已經死了。」

李大明呆呆愣在原地，望著淚流滿面的媳婦和老娘，又看了看我，喃喃自語道：「我死了？我已經死了？原來是這樣，我想起來了，想起來了……」

說著，輕聲歎了口氣，接著邁步往前幾步，似乎想要撲到親人身旁，然而卻是一下子倒在地上。接下來，只見輕煙升騰，沒幾秒，地上只剩他的衣褲和鞋襪，和一枚小小的黑符。

我愣住了，真沒想到，這事居然這麼輕易解決？原來只要告訴他他已經死了，就可以了？我低頭看了一眼，飛快撿起那枚黑符，揣進兜裡，然後看著李大明家裡僅剩的兩個女人抱著他的衣服嚎啕大哭。

她們絲毫沒有恐懼和害怕，反而憤憤看著我。

這一刻，我心裡有些發慌，也有些自責，如果不是我多事，他們一家人也許會快樂地生活下去，只要能和親人在一起，便是鬼又何妨？

然而，我知道不能那麼做，畢竟這不是一家人的幸福那麼簡單，而是關係到世間上萬人的安危。我知道，剛才李大明的魂魄已經徹底消散，卻絲毫沒有辦法挽回，只希望如果他知道真相，能原諒我。

我悄悄退出去，把門關好。這一刻，對於她們娘倆而言，或許我才是不祥之人。

重新在街上徘徊，我忘了回去的路，只隨意順著一條路走下去。

我走得很慢，腳步很沉重，心裡卻更沉重。那個遠東大廈，到底隱藏著怎樣恐怖的秘密？

一場大火，死了十三個人，現在李大明回家，那其他人呢？是不是也都跟李大明一樣，帶著神秘的黑色小符，繼續在世間各個角落遊走，繼續替那幕後黑手完成這項活死人計劃？

又或者，這一切都是因爲我的出現而帶來的影響。在那場電梯事故中，如果不是我出現，或許那神秘的幕後之人還在繼續著他的「十八層地獄」。

我問過柳無常，他說那十八層大廈如果按照原來的情況發展下去，每一層會產生出一個厲鬼，每一個進入大廈裡的人，則會慢慢死去，直至全部死光，接著推至整個城市……

根據分析，基本已經可以認定常東青擁有很大的嫌疑，但他究竟是不是幕後黑手，卻還不一定。那個施法者到底是不是他，也是未知數。

我心中感到一股巨大壓力，但轉念又想，爲什麼這事非得我去解決呢？世上那麼多民間高人隱藏在市井山澤，憑啥就得讓我去管？我的任務是管理一方鬼事，還沒變成鬼，按理說不該歸我管。什麼「維持陰陽兩界平衡」，現在想起來，簡直就是個天大的笑話，就憑我區區一個人，能維持得了嗎？這簡直就跟拯救地球一樣不靠譜啊！

我著實感到一股力不從心和上當的感覺，好像我自個好好地在街上玩，突然過來個人說，你去拯救世界吧，但是沒有經費、沒有好處，拯救成功後，你要隱姓埋名；若是失敗，自然就嗝屁了，也不會有人給你開追悼會。

這麼不是人幹的活兒，我居然答應，還幹得挺樂，我他媽的是不是缺心眼啊！

路再長也有走到地頭的時候，再不情願做的事也有非做不可的理由。不知不覺間，我已經繞回壽衣店的門口，看來這地方還真是很小，瞎轉悠都能走回來。

葉子和小舅兩個人站在車外焦急地四處張望，郭瘸子一手抱個大包袱，一手拿著煙袋鍋子，在那吐泡泡。

見我回來，葉子鬆了口氣，遠遠迎上來，埋怨道：「你這半天跑哪去？都幾點了，差點耽誤正事，給你打傳呼你也不回，讓人多著急呀！」

我不好意思地撓了撓頭，「走丟了，嘿嘿。真是不好意思，替身紮完了？那咱走吧。」

說著，我伸手摸出我那摩托羅拉傳呼器，只見這個敗家玩意又自動關機，你他娘的，總是在關鍵時刻掉鍊子，我要你何用！

我憤憤地一把扯下傳呼機，把傳呼鍊也解下來，一揚手，遠遠扔了出去。

看看錶，都已經下午兩點，於是我們幾個都鑽進車裡。就葉子剛把車打著火時，我又屁顛屁顛溜下車，又把那個傳呼機撿回來，擦擦灰，又揣進口袋。

沒辦法啊，這好幾百塊的，要讓我爸知道我扔了，一頓大皮鞋底鐵定跑不了。

好在也沒人笑話我，葉子只是似笑非笑地瞟了我一眼，然後利索打檔，踩油門，一轉方向盤，車子就乖乖竄了出去。

第42章

掘骨縫皮

真是絕了，這手藝，看上去就跟活狗似的，眼睛都不知用什麼東西做的，活靈活現，皮縫得跟長上去似的沒兩樣，那腿黏得就跟安上去似的，那毛就是真毛……

我們並沒有返回村裡，而是按照小舅指的方向，直接開向南山。說是南山，其實只不過是小舅他們村子南邊一座沒多高的小山，跟這一帶的山脈相連。當我們「吭嗤吭嗤」地爬上小山，找到小舅埋骨頭的地方時，已經是下午三點多了。

此時正是八月底，按理說應該是夏季，但北方就是這麼不講理，還不到九月份時，就已經有一點點秋涼。尤其是山裡，不擋風，比城裡的氣溫起碼得低好幾度，再過幾天到了九月，更得穿上薄絨衣和厚外套。不過，現在這幾年沒那麼誇張了，全球氣溫都在變暖，十月份哈爾濱的大街上還穿著半截袖的人海了去。

言歸正題，我們早上出發時，小舅已經預備好工具，一直放在後車廂裡，到目的地後也不廢話，和我兩個人抄起鐵鍬，「吭嗤吭嗤」地開始挖墳。

雖然只是小土坑，不過埋得挺深。

好久沒幹活了，很是費力氣，最後呈現在我們面前的，是一堆黏著泥土的骨頭，大的小的都有，還有一張頗爲完整的狗皮。

看著這一堆零碎，我心裡很是難受。我這人從小就喜歡狗，從來都不吃狗肉，看見賣狗肉的，我還恨不得吐老闆一臉唾沫。你說狗這麼忠誠的動物，人類最好的夥伴，怎麼就能忍心吃掉呢？總之，我一聽吃狗肉，感覺就跟吃人肉一樣。哎，結果殘忍的人類遭到狗的報復了吧？

接下來，就是郭瘸子的工作。只見他打開大包袱，裡頭放著一個小狗形狀的紙紮，裡頭還有一個稍小一點的包袱，不知道幹嘛用的。

這紙紮只具備個雛形，等會還要往上面黏骨頭、縫皮毛，工程浩大得很。

我們在一邊看著郭瘸子打開一管膠水，撿起骨頭，瞧了瞧便隨手黏在紙紮上，又撿起一塊，也是如法炮製地黏上去。這地上大大小小怕有上百塊，估計郭瘸子得忙活好一陣子。

我實在看不下去了，這玩意太重口味，那骨頭上甚至還連著肉絲！我扭頭走到一邊的草地上，摸出一包煙，居然還是上次在醫院救小蕊的時候買的那包。這都多少天了，還剩大半包，我把煙叼在嘴上，再一摸身上，他娘的，沒有火！

看來我這二等煙民還是不合格啊……正當我苦笑著把煙從嘴上拿下來時，旁邊「嚓」的一聲輕響，有人給我遞火。我拿著煙扭頭一看，居然是葉子。

我吃驚地看著葉子，「妳抽煙？」

葉子笑而不語，只把精緻的小打火機往我面前一湊。

我忙低下頭把煙點著，深深吸上一口，使勁大了，登時咳嗽起來。

「你呀！不會吸煙還逞能。」葉子伸出手拍著，嗔道。

「這……這不是……在學呢……」我好不容易緩過勁來，咳嗽道：「我怎麼沒見過妳抽煙？」

葉子搖了搖頭，「我不吸煙，只是喜歡隨身帶著打火機。」說著，眼神游離著望向遠山，漸漸深邃，「我喜歡一個人獨處時，看著那火苗在黑暗中跳舞。我喜歡那小小且溫暖的光芒，是那麼精緻，像是黑夜的精靈。每當這個時候，就會忘記我的孤單。」

「呃……」我撓了撓頭，這有點太文藝，也太傷感，一時不知該怎麼接下去，索性轉移話題，「那……妳怎麼會想到去做這個領域的記者？既然妳一個人生活，難道不害怕？」

「剛開始的時候挺害怕，但慢慢就喜歡上這種刺激的生活，有時，還會有特殊感覺，似乎自己原本就是屬於那種世界。」

我暈，又來一個精神不正常的！

我們倆再次陷入無言狀態，過了一會兒，我又想起話題，問她：「對了，妳有男朋友嗎？」

她看了我一眼，漸漸笑了，嘴角再次彎出好看的弧度，輕輕搖頭道：「呵呵，我從來都沒有戀愛過，上大學的時候有人追過我，不過，後來覺得我的性格太古怪，都嚇跑啦！」

「哦……」我低頭吸了口煙，發現又沒詞了。

不知爲什麼，我在她的面前好像有點拘束，總有種不知所措的感覺，平時的我可不是這樣。我暗自在手心狠狠掐自己一下，吳憂，你這個熊蛋玩意！

「給我一支煙吧。」葉子忽然說。

我下意識掏出一根遞過去，葉子慢慢點著，緩緩吸了一口，淡淡道：「有人說，煙是這個世界上最慢性的毒藥，也是最速效的解藥。」

我們倆就那麼坐在草地上，默默看著遠方，各自想著心事，看著藍天慢慢變灰、變黑，看著太陽慢慢變黃、變紅，最後落下。

不知不覺間，我們倆居然把剩下的那大半盒煙都抽光。葉子跟我配合還挺好，我抽一根她就抽一根，速度不比我慢。

直到我們倆腳下都是煙頭，直到空煙盒都扔了，我才回過神來，一看手錶，都六點多了。

葉子站起身來，迎著即將來臨的夜色伸展開胳膊，良久才緩緩放下，輕聲說了句，「吳憂，你讓我有一種很特別的感覺。」

我臉上肌肉沒來由抽動一下，仰頭說：「怎麼個特別法？」

她有些茫然，緩緩說：「不知道，總之，你是個特別的人。」

呃，女人真是神秘的動物，真猜不透她們心思，說個話也跟猜謎語似的，整得我一顆心亂七八糟，還是幹正事去吧。

我這才猛然想起，我們可不是來閒聊解悶的啊！

回過頭去，只見郭瘸子和小舅不知什麼時候已經完工了，正坐在我後面抽煙，兩人一邊抽，一邊瞅著我和葉子「嘿嘿」奸笑。

我有些尷尬地走了過去，一看，地上站著隻小白狗。再仔細一看，嘿，真是絕了這手藝，看上去就跟活狗似的，眼睛都不知用什麼東西做的，活靈活現，皮縫得跟長上去似的沒兩樣，那腿黏得就跟安上去似的，那毛就是真毛……

郭瘸子看著我嘿嘿一笑，神情間頗有些得意，對我說：「咱這兩下沒毛病吧？」

我向他一伸大拇指，「絕了，跟活了似的。」

「嘿嘿，那就成，等著吧，時辰到了就準備招魂。」「不過……」他猶豫了一下，四下瞅了瞅，說道：「這地方選得不怎麼好，但也沒辦法，誰讓你們當初就埋這了……但願吧，但願一切順利。」

聽這話怎麼有點沒譜呢？

我愣了下，也跟著喃喃說了句，「但願一切順利……」

小舅好奇道：「這地方有什麼問題嗎？」

郭瘸子哼了一聲，「你為啥要往這埋？」

「不都往這埋嗎？這地方以前就是亂葬崗呀。」小舅傻傻回道。

「你個小王八羔子，那你為啥就不能往裡頭點埋？老弟，你看看，這是什麼地方？」說著，郭瘸子站起身，用手往前一指。

我往前邊一看，這才隱隱覺得不妙。原來我們現在所處的地方是一處山坳入口，在往前一點，就是一個地勢較低的坡地。

我稍懂風水，像這種地方，的確很不適合做墳地，不過，小舅只是在入口的地方埋了隻狗，應該沒多大事吧？

這時，小舅也跟著我一起往那邊瞅，瞅半天仍是一頭霧水，又問郭瘸子：「二大爺，這有什麼不對嗎？早些年死個要飯的或死個孩子啥的，都是往這埋啊！」

郭瘸子說：「這裡以前是亂葬崗子不假，但這裡也是一處殍地，懂不？這裡頭窩風窩水，什麼陰氣都出不來，所有的陰氣流到我們所在的地方都會返回，極容易出極陰極煞之物。至於爲什麼這些年一直沒出過事，那是因爲這裡頭的水早都乾了，陰氣降減，懂不？不信，就回去問問你們家老人，解放前這個地方，出過多少事？現在你埋在陰氣回流的路上，我這一招，指不定會招出什麼玩意，你個小王八恙子！」

「啊？」小舅頓時嚇了一跳，「那可咋整啊？我不知道這事啊！那天我尋思就近埋了得了，往裡走都是亂墳，我怕呀！」

「那您有解決的辦法嗎？」我皺眉問道。

「嘿嘿嘿嘿……」郭瘸子忽然笑了起來，腦袋一晃說：「那都不是什麼事兒，我只是說說這情況，你們也別害怕。這麼塊殍地，別說這些年沒出過啥事，就是真有事，咱也不在乎！」

嘖，瞧這牛吹的，敢情老頭兒說半天，就是爲了突顯後面這幾句話？

我暗暗鄙視了他一下，牛什麼啊？鬼差見了我都得哈腰問好，我不也沒顯擺？

不過，這話一出，大家倒是都鬆了口氣，畢竟能順順利利最好。

這時，小舅又從車裡拿出了一包東西。打開一看，全是吃的，燒雞、香腸、松花小肚、花生米，還有瓶二鍋頭，也不知道啥時候買的。

這貨，當野炊來了啊，帶吃的也就罷了，帶酒幹什麼啊？不耽誤事嘛？

豈料，郭瘸子一見到酒菜，兩眼放光，擼胳膊、挽袖子，甩開腮幫子就開吃，也不罵什麼「小王八羔子」了，一口酒，一口菜，眼睛裡完全看不到我們幾個的存在，「吧唧吧唧」吃得正香。

我們其他人坐在旁邊看著他，過了一會我實在看不下去，湊上去小心問：「老爺子……」

他一聽我叫他，好像才記起有我們這幾個人，順手遞給我半隻燒雞，抓著燒雞的手都油漬漬，再配上剛才摳骨頭時黏上的泥土，那般噁心勁就別提了。

我忙伸手一推，「你吃，甭管我，我是想說，你這麼喝行嗎？一會別耽誤事啊！你看，這地方不是啥善地兒。」

誰知，我這後一句彷彿嗆著他了，老頭兒不高興地說：「咋的老弟，還不放心我？我跟你說，我這功夫都在酒上，喝幾分醉就有幾分能耐，不信你問他。」

說著一指我小舅。小舅趕忙附和著說「是啊是啊」！

我暗忖，是你個毛，你當自個是武松啊，喝醉了才能打老虎？

勸說無效，我只好無奈地搶過兩根香腸，又遞給葉子一根，我們也兩頓沒吃，墊些東西進去也好的。

●更多精采內容在《兼差陰陽官之3》，請繼續閱讀

文學新樂園

519

兼差陰陽官
之2：打鬼也要有些智慧

作　　者　吳半仙
社　　長　陳維都
藝術總監　黃聖文
編輯總監　王　凌
出 版 者　普天出版家族有限公司
新北市汐止區康寧街 169 巷 25 號 6 樓
TEL / (02) 26921935 (代表號)
FAX / (02) 26959332
E-mail：popular.press@msa.hinet.net
http://www.popu.com.tw/
郵政劃撥 19091443 陳維都帳戶
總 經 銷　旭昇圖書有限公司
新北市中和區中山路二段 352 號 2F
TEL / (02) 22451480 (代表號)
FAX / (02) 22451479
E-mail：s1686688@ms31.hinet.net
法律顧問　西華律師事務所・黃憲男律師
電腦排版　巨新電腦排版有限公司
印製裝訂　久裕印刷事業有限公司
出 版 日　2019 (民 108) 年 9 月第 1 版
ISBN◉978-986-389-668-5　　條碼 9789863896685

國家圖書館出版品預行編目資料

兼差陰陽官之 2：打鬼也要有些智慧／
吳半仙著.—第 1 版.—：新北市,普天出版
民 108.9 面；公分. -（文學新樂園；519）
ISBN◉978-986-389-668-5（平裝）

普　天　之　下　・　盡　是　好　書
普天出版家族
Popular Press Family

凌雲文創
A-Plus Creative Company